Un lapin sous le Dôme

Agnès Mathieu-Daudé

LONDINIUM

1. Un lapin sous le Dôme

M+
l'école des loisirs
11, rue de Sèvres, Paris 6e

De la même autrice à *l'école des loisirs*

Collection MOUCHE

Vertical, ver génial

Série *L'école des souris*
Une rentrée en canoë
Par ici la sortie !
Première neige

Série *Dagfrid*
Des brioches sur les oreilles
À Thor et à travers
Dagfrid et compagnie

Collection NEUF

Adieu tante Aimée

Série *Les voisins mode d'emploi*
Enfermée dehors
Amour toujours

Loi n° 49.956 du 16 juillet 1949 sur les publications destinées à la jeunesse : octobre 2021
Dépôt légal : octobre 2021

ISBN 978-2-211-31248-6

1
Une loutre disparaît

Arsène ouvrit la porte qui menait aux galeries supérieures. Il plissa un peu son œil gauche autour du monocle qu'il portait en permanence : il ne s'habituerait décidément jamais vraiment à la lumière vive qui régnait à l'extérieur. Mais, s'il n'avait tenu compte que de son confort, le lapin serait resté nuit et jour au fond de son terrier, assis dans son fauteuil préféré, une pipe à la patte, tandis que le gramophone égrenait la voix aigrelette de chanteuses françaises qui lui rappelaient Paris et sa jeunesse, ou on ne sait trop quoi d'autre qui pousse les êtres à écouter en boucle des chansons nostalgiques.

Personne n'obligeait Arsène à sortir des terriers pour ces promenades trop éclairées dans Londinium. Personne, mais plutôt quelque chose, qu'il nommait l'amour de la vérité. L'amour de la vérité était devenu son obsession, une obsession plus démangeante que les puces qui dormaient dans les paillasses des autres lapins. Arsène, lui, était maniaque. S'il avait capturé une puce vivante, il l'aurait probablement dressée à faire le ménage. Mais la seule puce de son terrier était bien morte, épinglée au milieu de ses collections entomologiques, sur une plaque accrochée au mur.

C'était par amour de la vérité que le lapin se rendait en plein jour dans ce monde où pullulaient les humains, mais aussi les canins, les félins et les sabots emballés de mille chevaux traînant derrière eux de dangereuses roues, et tout ça dans des rues déjà encombrées de boue et d'ordures.

Oui, c'était par amour de la vérité qu'il errait aussi toutes les nuits le long des Terriers Rouges et dans les tripots des opossums, à la recherche d'une information, d'un indice ou d'une silhouette, et de quelques doses de lucernum pour bourrer sa pipe et trouver ensuite le sommeil.

Et c'était donc par amour de la vérité qu'il gagnait le Dôme en cette journée ensoleillée. S'il n'avait pas décidé d'éclaircir le mystère de la disparition de la jeune loutre dont lui avait parlé Johnny, jamais il n'aurait affronté des températures pareilles.

Il défit les premiers boutons de sa redingote et desserra le foulard de soie qu'il nouait en cravate. Partout autour du lapin des animaux couraient, à peine vêtus, ne se souciant ni de lui ni de son accoutrement. Arsène était un personnage familier du quartier, et la plupart ne faisaient simplement attention ni à lui ni aux autres. Ils agissaient et ne s'arrêtaient pas pour réfléchir, encore moins pour observer. Le lapin se disait que si les autres êtres vivants prenaient davantage le temps d'observer il se retrouverait, lui, au chômage technique.

Non seulement ses enquêtes seraient inutiles, mais il était fort probable que les mystères qu'il découvrait ne se produiraient même pas. C'était parce que l'on ne prêtait attention à rien que partout le mal s'infiltrait et que le mensonge se propageait. Mais Arsène, lui, traquait la vérité. Et on le payait grassement pour cela, comme il se le rappela en tâtant la lourde montre à gousset dans la poche de son gilet de flanelle.

Le lapin assortissait en effet son amour de la vérité d'un attachement presque aussi obsessionnel à l'argent et aux bienfaits qu'il lui procurait : montres ostentatoires, livres reliés, vêtements coûteux et doses régulières de lucernum. Et tous ces disques venus de Paris. Bien entendu, il ne savait pas, avant d'entreprendre une mission, si celle-ci se révélerait lucrative et s'il pourrait vendre quelque chose au ministère du Grand Intérieur. Jamais les humains qui y travaillaient n'auraient consenti à s'adresser à un lapin pour mener leurs enquêtes. Non, Arsène cherchait et trouvait des informations. Tout seul. Et quand il sentait qu'elles pouvaient être intéressantes pour le ministère, il les lui proposait. Au prix de l'or qui enveloppait le mécanisme de sa montre, de l'or qui encerclait le verre de son monocle, de l'or qui sertissait les pierres précieuses ornant quatre bagues à ses doigts. Le lapin ne se trompait jamais. Les équipes du ministre du Grand Intérieur Joseph Harrow, et celles de William Lincoln avant lui, avaient toujours acheté ses informations. C'était pourquoi il devait sélectionner les enquêtes avec soin, et ne pas perdre son temps.

Le cas de la loutre disparue était particulier : il s'agissait cette fois de répondre à la demande de Johnny. Il était évident pour Arsène que son ami – c'est ainsi qu'il qualifiait Johnny, sans savoir si c'était tout à fait exact, l'amitié étant un concept encore assez récent pour lui – était tombé amoureux de la loutre. Rien de significatif en soi, puisque Johnny tombait aussi souvent amoureux qu'Arsène ne tombait pas amoureux. Mais c'était justement parce qu'Arsène avait l'habitude des enthousiasmes de Johnny qu'il avait senti que, cette fois, c'était légèrement différent. Johnny était si amoureux qu'il était prêt à demander à Arsène d'enquêter pour lui, et ça, il ne l'avait jamais fait auparavant. Est-ce qu'Arsène aurait consacré du temps à aider son ami, sans la perspective de la moindre rémunération ? Peut-être. Peut-être pas. Mais il n'y avait pas réfléchi. Il sentait – et son instinct était remarquable – qu'il y aurait forcément en cours de route quelque chose à découvrir qui aurait à voir avec la quête de la vérité. S'il aidait son ami et que le ministère lui donnait quelques pièces d'orpur en échange, tant mieux.

En attendant pour traverser au coin de Cathedral Avenue et de l'allée 8, Arsène réfléchissait à ce que Johnny lui avait dit. Après tout, une jeune loutre disparue en ville, ça n'avait rien d'extraordinaire. Tous les jours, des paysannes rêvant de lumières et de bijoux, ou simplement de nourriture et de compagnie, gagnaient la ville et s'y perdaient. Elles y rencontraient la trahison, la peur, la déception. Et un autre jour, en général peu éloigné du premier, leur corps pouvait finir sous les roues d'une voiture ou les sabots d'un cheval, qu'elles y aient été poussées par un ou une autre, ou simplement par quelque terrible extrémité qui mène les êtres vivants à préférer mourir plutôt que de continuer à tenter l'expérience de la vie et à glaner ses surprises. Les rivières charriaient les cadavres de ces jeunes exilées jusque dans les campagnes où vivaient leurs parents, ces parents qui, pourtant, les avaient suppliées de rester, de rester et de devenir calmement vieilles comme eux, de rester et de justifier ainsi leurs paisibles existences. C'était triste, mais c'était comme ça que les mondes des villes et des campagnes se régulaient. Il n'y avait pas assez de place pour tous, en tout cas pas dans la société telle qu'elle était organisée.

Mais Arsène avait prêté attention aux mots qu'avait utilisés Johnny. « Une jolie loutre débrouillarde ». Une loutre débrouillarde qui disparaît, c'était déjà plus rare. Les êtres débrouillards s'arrangent toujours pour ne pas disparaître. Ensuite, il y avait le lieu : la loutre avait l'habitude de traîner près de la branche nord de la West River. Pourtant, les femelles qui arrivaient des campagnes vivaient toutes près des Terriers Rouges ou dans les quartiers de la Briqueterie, de la gare centrale et du stade King Charles, qui n'avait de royal que le nom. Elles tournaient autour des établissements qui offraient du travail aux jeunes femelles sans qualification : serveuses dans des restaurants, bars ou fumeries, lingères dans des hôtels. Au mieux, gouvernantes chez des animaux plus aisés qu'elles. Mais elles ne vivaient jamais sous le Dôme, dans ce quartier résidentiel peuplé de vieux renards versés en politique, là où les humains aussi avaient installé leurs ambassades, et même leur reine. Là-bas, on n'employait que des femelles déjà dégourdies, aux mœurs raffinées, comme polies par la ville. Pour réussir à vivre dans cet agréable microcosme résidentiel, il fallait que la loutre se soit jusqu'ici en effet plutôt bien débrouillée.

Arsène emprunta l'élévateur nord, droit sur ses pattes arrière, évitant de croiser les regards d'un renard posté dans l'autre coin de la cabine, d'un furet qui faisait semblant de lire un journal – Arsène méprisait les furets et les jugeait incapables d'un tel exploit – et de trois humains, soit deux adultes et un enfant qui réclamait un bonbon en s'acharnant sur un yo-yo. Arsène surveillait le yo-yo du coin de l'œil. Si les adultes ignoraient le plus souvent les animaux, les enfants, parfois, tentaient une interaction. Et si l'animal répondait, les adultes s'en mêlaient comme si les enfants étaient des petites choses trop fragiles pour supporter une discussion, surtout avec un animal. Et alors, tout pouvait arriver. Certains humains ne s'étaient jamais habitués à la cohabitation et encore moins à la parole des animaux.

La cabine tressautait au rythme des engrenages et bientôt grimpa le long de la colline. La vue se déployait sous leurs yeux puis sous leurs pieds et leurs pattes : des cheminées d'usine crachant une fumée presque aussi épaisse et brune que le sol des terriers au-dessus des blanches colonnes ioniques de la cathédrale, du palais de justice et du Parlement. Les humains, dans leurs villes, manquaient d'imagination. Et partout l'œil se posait sur des immeubles ou sur des grues occupées à ajouter encore des étages et encore des immeubles dans le monotone paysage déjà surchargé.

L'enfant obtint son bonbon et jeta l'emballage de papier doré sur le sol. La moustache d'Arsène frémit, mais il ne bougea pas. Enfin, un groom en livrée bleue ouvrit les portes grinçantes, les passagers de la cabine sortirent et Arsène se retrouva à l'air libre. Il jeta l'emballage du bonbon dans la première poubelle à sa hauteur – chaque jour, il tentait de contribuer au bien commun – et dévala la Troisième Avenue jusqu'à la West River, dont il longea le cours jusqu'à la branche nord. Au fur et à mesure, le paysage s'éclaircissait : moins de fumée, plus de ciel bleu, moins d'immeubles et davantage d'arbres. Enfin le lapin se glissa dans la file devant l'entrée, évitant toujours soigneusement les regards, puis franchit la grille de la grande porte du Dôme.

À l'intérieur régnait une odeur artificielle mais agréable de foin coupé et de fleurs de sureau. Arsène aimait particulièrement les parfums diffusés dans le Dôme au printemps. L'été, le foin dominait, avec quelques pointes de menthe pour rafraîchir l'air. À l'automne, on y ajoutait des épices pour l'assainir, de la cannelle et de la cardamome que le lapin détestait. L'hiver, c'était irrespirable, à moins d'apprécier les incendies : cela empestait le bois brûlé, censé imiter les émanations des cheminées, interdites sous le Dôme. Arsène trouvait cela trop angoissant. De vrais végétaux poussaient bien entendu dans les parcs, dans les jardins et le long des allées, mais on ne pouvait se fier à eux pour marquer les saisons, les épaisses parois de verre du Dôme assurant par ailleurs une certaine stabilité thermique. On avait ainsi pu planter des espèces exotiques, qui rappelaient aux riches habitants les paysages qu'ils fréquentaient pendant leurs vacances sur le continent, voire en Amérique. Avant le Dôme, on n'aurait jamais imaginé les frondaisons des palmiers se balancer dans le ciel de Londinium.

Arsène s'arrêta au square Mirmont pour humer quelques plantes. Le regard que lui jeta le furet de service, à l'affût dans sa guérite, le dissuada de cueillir quoi que ce soit. Le lapin aurait pu tenir tête à un furet dans les rues des Terriers Rouges sans risquer grand-chose, car il y régnait une loi tacite de non-agression mutuelle. Mais sous le Dôme, c'était un peu différent. Les animaux y étaient plus rares et, mis à part les renards, ils occupaient pour la plupart une fonction qui justifiait qu'on les tolérât. Ils étaient ici dépositaires de l'autorité des humains et n'hésitaient pas à le montrer. Le lapin observa tout de même le square : des enfants jouaient au cerceau ou à la balle sous la surveillance intermittente de gouvernantes toutes plus revêches les unes que les autres. Des fontaines coulaient, quelques vieux gentlemen lisaient le *Londinium Times* au soleil, leur crâne dégarni protégé des rayons nocifs par l'épais verre du Dôme. Arsène imaginait mal une loutre se promener par ici et encore moins s'y baigner. Lottie, puisque c'était le nom que lui avait donné Johnny, ne pouvait vivre qu'au bord de la rivière, cette West River qu'Arsène suivait maintenant, examinant les tabourets de pêcheurs, les promeneurs bras dessus, bras dessous et l'occasionnelle famille de ragondins travaillant à limer quelque planche pour agrémenter leurs abris. Rien d'inhabituel à cela. Arsène se retint de les interroger pour le moment : ce n'était pas la peine d'attirer l'attention avant d'avoir soigneusement délimité le terrain d'observation.

Il remonta vers l'église Saint-Maurice et s'approcha en entendant des cris venir du parvis. Monté sur une caisse de bois, un homme malingre d'une cinquantaine d'années, un bras levé vers le ciel, vociférait.

– Nous leur avons laissé trop de place ! Partout, leurs poils, leurs plumes et leurs écailles se répandent... Ils prennent trop de libertés ! Bientôt, ils nous chasseront du Dôme, puis de Londinium, puis de l'île. Ils ont fait interdire les zoos en ville, mais c'est la Grande-Bretagne tout entière qui ne sera plus qu'un gigantesque zoo grouillant d'animaux ! Et de là ils conquerront le monde... Sauf si justice est enfin faite ! Les temps viendront ! Ils repartiront !

Ce n'était pas le premier prédicateur antifauniste qu'Arsène entendait : depuis peu, ils semblaient même se multiplier aussi vite que les animaux dont ils dénonçaient la prolifération. Mais, cette fois, on n'était plus dans les Terriers Rouges : qu'on laisse un olibrius pareil prêcher devant l'église Saint-Maurice, le lieu de culte des familles les plus huppées du Dôme, ne présageait rien de rassurant. Les gens s'arrêtaient sur le parvis et écoutaient quelques minutes, parfois quelques secondes seulement. Mais c'était suffisant pour que, sur dix personnes, une peut-être soit contaminée et propage à son tour la peur et la haine parmi sa famille, ses amis, puis dans tout Londinium. Arsène s'éloigna : ce n'était pas le moment de céder à l'angoisse, loin de son terrier et de sa pipe de lucernum.

Il contournait l'église pour rejoindre la place du marché aux fleurs – les autres marchés, trop bruyants, trop sales, n'avaient pas droit de cité sous le Dôme – quand un groupe de mendiants attira son attention. Ils n'avaient pas l'allure habituelle des pauvres hères qui fréquentaient d'ordinaire le Dôme. Ceux-là, comme les autres habitants et visiteurs, étaient filtrés aux grandes portes. Mais on exigeait qu'ils soient vêtus de simples tuniques sans poches – le gouvernement partait du principe absurde que les mendiants étaient les seuls à pratiquer le vol à la tire –, avec un capuchon qui couvrait entièrement leur tête, afin, disait la loi, que le « visage du vice demeurât invisible aux honnêtes citoyens ». Arsène se demanda pourquoi les quatre individus devant lui osaient mendier tête nue, si près de l'église, en plus. Pourquoi s'arrêta-t-il devant eux, et pourquoi pensa-t-il qu'il pouvait en apprendre quelque chose ? C'était de l'intuition. Et l'intuition, le lapin en avait à revendre. Il avait bâti sa carrière dessus. En fait, il lui arrivait aussi de se tromper, mais ça, l'histoire ne le retenait jamais. Il n'avait donc rien à perdre en tentant sa chance et en posant quelques questions.

Évidemment, il était difficile pour un lapin de s'adresser directement à une famille d'humains. Il s'agissait d'une famille, il en était sûr. Deux adultes et deux enfants, dont les corps se penchaient les uns vers les autres, dans une intimité que seule la vie en commun peut donner. Ils étaient tous les quatre roux, les cheveux presque orange, la peau parsemée de taches de rousseur. Et ces quatre-là partageaient une odeur similaire. Certes, sous le Dôme, même la puanteur de la rue était contrôlée et les mendiants avaient l'obligation de se rendre à la douche bihebdomadaire du dispensaire Lady Margaret, mais Arsène était capable d'identifier les odeurs corporelles avec toute la précision d'un lapin.

Il recourut pour engager la conversation à une tactique peu élégante mais efficace. Il laissa tomber une pièce d'orcuivre de sa poche. Cinquante centièmes, ça suffisait à faire réagir n'importe quel enfant. Une fille l'interpella en faisant de grands gestes, car rares étaient les animaux qui comprenaient parfaitement le langage humain :

– Lapin ! Vous avez perdu une pièce d'orcuivre...

Il se retourna tandis que la fillette sortait du groupe des quatre capuchons. Elle ramassa la pièce et la lui rendit, tête baissée. Les mendiants du Dôme avaient trop peur de perdre leur place, ils se comportaient toujours de manière obséquieuse. Arsène tendit la patte à son tour, puis fit mine de se raviser.

– Merci, merci... Mais vous savez quoi, vous allez la garder, cette pièce.

– Mais... C'est interdit ! Nous ne pouvons accepter de pièces des animaux.

Derrière elle, les parents observaient la scène. Le second enfant, un garçon un peu plus grand que la fille, s'approcha à son tour :

– Qu'est-ce qu'il y a ? Pourquoi vous la voulez plus, votre pièce ?

– Parce que je pense que vous en avez besoin. Plus que moi.

– Ah oui, tellement besoin qu'on va accepter la charité des lapins, maintenant ? Et est-ce que vous avez la moindre idée de combien ça peut nous coûter ?

Arsène baissa la voix :

– Personne ne le saura, si vous vous dépêchez avant qu'un furet ne passe…

– Et en échange ?

– En échange, rien !

– Vous voulez rompre l'équilibre fauniste ?

– Non, c'est un cadeau, c'est tout. Je suis sûr que, parfois, des humains aussi agissent dans l'intérêt des animaux. Les enfants, surtout. Tenez, j'avais une amie, une jeune loutre du prénom de Lottie…

– Vous connaissez Lottie ?

Le regard du garçon s'était transformé en un éclair, mais son père avait bondi aussi vite, un homme costaud que la vie dans la rue n'avait visiblement pas affaibli. Il répondit à la place de son fils.

– Nous, nous ne connaissons personne. Ni loutre ni lapin. Reprenez votre pièce, et adieu !

– D'accord, d'accord… Une seule chose : pourquoi vous promenez-vous sans capuchon ? C'est dangereux, ici !

Le père éclata d'un rire sarcastique.

– Lisez les journaux, lapin ! Adieu.

Et l'homme s'éloigna en entraînant ses enfants. Arsène sentit que le garçon bouillait de se retourner et de lui lancer un regard à défaut de pouvoir lui parler, mais que la poigne et l'autorité du père étaient les plus fortes. Au moins en apparence.

Chaque chose en son temps, c'était une des nombreuses devises du lapin. Il alla s'accouder aux *Two Ducks*, le pub animalier du Dôme, pour boire une serpolette en glanant des informations. Ce ne fut pas long. Assis sur un tabouret en rotin, la patte appuyée sur une coursive en laiton doré soigneusement polie par la cane un peu maniaque à qui appartenait le pub, Arsène apprit que les mendiants étaient une famille de roux. Le ministère de l'Hygiène venait de promulguer une nouvelle loi, une loi soi-disant destinée à mieux connaître les populations de Londinium. Le bureau de l'Eugénisme enregistrait désormais les roux, pour contrôler leur nombre et leur répartition par quartiers. On ignorait pourquoi le ministère s'en prenait à présent aux roux : ils étaient pourtant nombreux en Grande-Bretagne, et les animaux ne voyaient pas en quoi cette couleur de cheveux, et la peau fragile qui allait avec, pouvait constituer une menace. Le bureau avait exigé que les mendiants roux aillent tête nue, afin que l'on soit en mesure de s'assurer que leur regard était franc et ne cachait pas quelque entourloupe. La cane arrêta de frotter le laiton et ajouta qu'à son avis il s'agissait surtout de repérer les roux de loin et de pouvoir se moquer d'eux. Elle avait entendu des humains rire d'autres humains, sous le seul prétexte qu'ils étaient roux. Si ça continuait, seuls les roux du Dôme allaient pouvoir se balader librement…

Mais, à part les mendiants, y avait-il encore des roux sous le Dôme ? Ils devaient tous être chez le coiffeur, en train de se faire teindre aussi vite que possible ! Et puis, de toute façon, qui se baladait encore librement à Londinium ?

À la deuxième serpolette qu'Arsène offrit à un jeune lapin de garenne accoudé à côté de lui, il apprit de ce dernier que le prédicateur était arrivé la semaine précédente, directement de la Cornouailles antifauniste. Les Cornouaillais ne se contentaient plus d'enfermer les animaux, ils semblaient décidés à infecter les autres comtés avec leur paranoïa et leur cruauté. Et maintenant, on les laissait immigrer à leur guise – nouvelle circulaire du ministère des Flux. Le lapin de garenne soupira tristement, puis éclata de rire : enfin, vu le taux de reproduction des prédicateurs cornouaillais, tous d'austères célibataires qui ne risquaient pas de procréer, et celui nettement plus prolixe des lapins, qui faisaient six petits en moyenne à chaque portée, et ce jusqu'à cinq fois par an, on ne risquait pas grand-chose !

Arsène était toujours impressionné par la diligence avec laquelle les lois étaient appliquées sous le Dôme, mais aussi par la lenteur avec laquelle elles finissaient par être portées à la connaissance des autres quartiers de la ville, puis des Terriers Rouges et des galeries inférieures. Il ne savait rien de ces lois antiroux ou pro-immigration. C'était pour cela qu'il fallait sans cesse se renseigner. Depuis que le *Londinium Times* était sous le contrôle du ministère de l'Information, justement, les nouvelles étaient comme filtrées. Pas de censure, bien sûr : les lois continuaient d'être publiées. Mais en minuscules caractères, dans le cahier brun central que beaucoup jetaient sans le parcourir. Arsène avait beau être un lecteur assidu du journal, s'il laissait passer quelques jours de déchiffrage du cahier brun, il n'était plus au courant de rien. Et encore fallait-il en comprendre les termes juridiques, délibérément source de confusion. Il avala une troisième serpolette pour le plaisir et quitta le *Two Ducks*. C'était trop tôt pour parler de la loutre. Avant d'en savoir un peu plus, il fallait éviter d'attirer l'attention de quelque malfrat qui eût pu être lié à sa disparition louche. Et comment repérer un malfrat ? Le hérisson renfrogné assis sous un pilier, la belette qui parlait trop fort à la tablée centrale ou le furet droit comme un piquet au bout du bar, voire ce gentil lapin de garenne : par expérience, Arsène savait que le criminel pouvait être chacun d'entre eux.

Pendant qu'il faisait la queue pour sortir du Dôme, Arsène remarqua une enfant qui l'observait. C'était l'avantage d'être un lapin : sans qu'il tourne la tête, sa vision latérale lui assurait un angle de vue considérable, soit cent quatre-vingts degrés. L'enfant était vêtue, comme la plupart de celles qui jouaient au cerceau dans le parc, d'une robe droite courte au-dessus de chaussettes soigneusement remontées sous ses genoux, des anglaises brunes dépassant de son chapeau de paille. Mais elle ne dévisageait pas Arsène comme le faisaient parfois les enfants. Elle semblait plutôt attendre quelque chose de lui. Le bémol à l'excellente vision latérale du lapin, c'est l'angle mort qu'il a juste devant son nez : Arsène ne vit pas la main du contrôleur des sorties s'abattre sur lui.

– Alors, on aimerait rester un peu plus longtemps dans le Dôme ? On rêvasse ? Au boulot !

Le furet tamponna la carte de visiteur d'Arsène et le poussa vers la sortie. Derrière la grille, le lapin se retourna : la fillette s'était éloignée, mais il la vit au loin s'arrêter et lui jeter un dernier regard.

2
La Boule Noire

Arsène rentra immédiatement chez lui. Dans la journée, il avait besoin de passer le plus de temps possible dans la fraîcheur et l'obscurité de son terrier. Debout devant sa table, il avala de la poudre de pissenlit qu'il ne prit même pas la peine de diluer. Il était très sensible aux odeurs, mais la nourriture en tant que telle ne l'intéressait pas. Il devait se nourrir, c'était tout. Et en tant que lapin, il lui fallait se nourrir très régulièrement, sous peine de terribles douleurs à l'estomac. Il prépara une pipe de lucernum et s'installa dans son fauteuil pour s'adonner à sa lecture quotidienne de quelques pages du *Tractatus logico-philosophicus*, un court texte d'un philosophe autrichien, Ludwig Wittgenstein, qui venait d'être traduit en anglais et qu'il comprenait différemment à chaque lecture. Cela reposait son esprit effervescent presque aussi efficacement que le lucernum. À l'issue de sa lecture, il décida de laisser passer quelques jours avant de retourner au Dôme. D'abord, parce qu'il lui fallait faire une sieste. Ensuite, parce qu'il avait suffisamment d'occupations dans les galeries inférieures ou dans les Terriers Rouges : d'autres affaires étaient en cours, dans lesquelles la vérité se trouvait malmenée, méprisée, ignorée. D'autres affaires qui pourraient rapporter au lapin quelque pièce d'orpur. Et puis, parfois, quand on avait de l'intuition, on découvrait qu'elles étaient liées.

Prenons, par exemple, les vols de la *Boule Noire*. Le gérant de ce bar de la Briqueterie avait porté plainte pour vol, dénonçant un de ses employés. Un soir où il se promenait en quête de lucernum, Arsène avait entendu par hasard – et parce qu'il laissait toujours traîner ses oreilles – l'employé discuter avec sa petite amie venue l'attendre devant le bar, une jolie blonde parfumée à la violette. Le jeune homme n'y était pour rien, il le répétait l'air dépité, aplatissant d'un geste mécanique les mèches de ses cheveux gominés – les narines d'Arsène frémissaient, il détestait l'odeur du Brillato dont les humains tartinaient leurs cheveux. La jeune femme semblait compatir, elle prenait l'employé par l'épaule et essayait de le consoler. Son ami répétait qu'il aurait tout fait pour retrouver le coupable, mais qu'il ne comprenait pas. Les vols étaient presque quotidiens, alors qu'ils n'étaient pourtant que trois à avoir accès à la caisse : lui, Sally, la serveuse, et le gérant. Il ne pouvait pas accuser Sally. C'était une fille tellement respectable… Tout ce qui l'intéressait, elle, c'était de s'occuper de sa vieille mère. La petite amie passa une main autour du bras du jeune homme : elle était ravie que Sally la serveuse ne s'intéresse pas à son compagnon, et cela paraissait lui importer davantage que la situation injuste dans laquelle ce dernier se trouvait. Le couple avait fini par s'éloigner dans les ombres du crépuscule et Arsène était revenu vers la *Boule Noire*. Ce devait être cette Sally qu'il apercevait à l'intérieur, fatiguée, en train de tirer des bières, écoutant les poivrots accoudés au bar, surveillant la salle pleine. La clientèle se composait du mélange habituel à cette heure-ci, rien de plus, rien de moins. Le lapin avait attendu un moment mais n'avait pas aperçu le gérant. Autour, rien d'anormal. Qu'est-ce qu'Arsène aurait pu faire d'une simple histoire de vol? Et pourtant, son instinct insistait. Oui, se dit-il, à l'abri de son terrier: il fallait qu'il retourne prochainement à la *Boule Noire* sans éveiller la curiosité des patrouilles de furets.

Autre affaire en cours: les étranges rumeurs concernant des modifications dans le comportement des renards. Arsène trouvait que le comportement des renards était toujours sujet à caution. Après tout, la littérature était pleine de ce que les renards étaient capables de faire aux lapins à l'état sauvage. Comme tout le monde, Arsène avait grandi en écoutant sa mère lui raconter les aventures de Jojo Lapin, un héros qu'il trouvait à la fois bête et malin. Puis il était passé aux Fables de La Fontaine, avant de lire celles d'Ésope en grec ou de Phèdre en latin, et de devenir l'un des lapins les plus érudits qui aient jamais vécu dans les terriers. Dans ces fables, les renards ne se contentaient pas de lapins, ils salivaient devant des corbeaux, des cigognes, des coqs et même des grains de raisin. Mais, à Londinium, les renards, comme tous les prédateurs, n'attaquaient pas les autres animaux. C'était strictement interdit, et de nombreuses lois y veillaient – la consommation de viande était d'ailleurs totalement interdite et il existait toutes sortes de pilules, gélules ou drogues pour aider à calmer les instincts les plus agressifs. Or, depuis quelques mois, les terriers bruissaient de rumeurs, comme quoi les accès de violence des renards provoquaient des disputes au cours desquelles il n'était pas rare qu'ils tentent de mordre ou de griffer leurs adversaires. On avait même retrouvé sur un quai le corps d'un rat musqué grièvement blessé. Cela ne pouvait être le fruit du hasard ; si les renards se libéraient ainsi, c'est qu'ils savaient, ou au moins qu'ils sentaient, que quelque chose avait changé. Et Arsène cherchait de quoi il pouvait s'agir, mais, pour cela, la lecture assidue des pages brunes du *Times* ne lui avait apporté aucune information.

Et puis, il y avait quotidiennement mille petites choses plus ou moins louches qui méritaient qu'Arsène se renseignât pour décider si elles pouvaient être en lien avec la disparition de la loutre ou tout simplement s'il y avait une information à glaner qui fût susceptible d'intéresser le ministère, mille petites choses auxquelles le lapin pensa en sombrant enfin dans sa sieste réparatrice.

Quand sa montre indiqua vingt et une heures, il se secoua, sauta de son fauteuil, vérifia devant son miroir l'état de son pelage, qu'il lustra soigneusement, puis remit sa redingote. Il hésita un moment devant les nombreux chapeaux accrochés aux patères de l'entrée et opta pour un melon en feutre. Ne jamais trop en faire dans les Terriers Rouges.

Dans les galeries, l'agitation du soir battait son plein. La plupart des résidents urbains étaient nocturnes, ou avaient adapté leurs horaires, ce qui convenait mieux à la cohabitation avec les humains. La nuit, ces derniers étaient moins nombreux. Moins de calèches, moins de chiens et moins de chats. Arsène détestait se presser et il resta sur la voie de droite, avançant de son pas régulier, tandis que des musaraignes lui filaient entre les pattes. Un hérisson essaya de le doubler, mais le lapin bloqua délibérément le passage jusqu'au prochain embranchement. Si tous les animaux, et pourquoi pas les humains, adoptaient son rythme nonchalant, le monde tournerait mieux. Il oubliait que les doses de lucernum qu'il prenait quotidiennement contribuaient à garantir son flegme à toute épreuve. Mais rares étaient les animaux des terriers capables de se payer un tel luxe. Alors ils couraient.

Enfin, Arsène arriva à la surface. L'air était encore tiède de la journée écoulée : ce printemps s'annonçait redoutablement chaud. On comprenait que les places sous le Dôme climatisé soient de plus en plus chères. Le lapin longea l'East River, cherchant la fraîcheur de l'eau. Partout, des rats musqués se laissaient glisser du pont des péniches, des loutres se poursuivaient, leur pelage luisant dans l'eau noire. Arsène ne s'était jamais livré à ce genre de passe-temps, en tout cas il ne s'en souvenait pas. Il avait toujours préféré rester dans le terrier familial, pour aider sa mère ou étudier. Certains de ses frères étaient des aventuriers. Arsène, lui, était le lapin calme de la famille. Ce genre d'étiquette peut vous enfermer davantage qu'une interdiction de sortir. La Briqueterie était maintenant en vue. L'immense usine était installée au bord de la rivière, pour des raisons pratiques de transport – la terre rouge arrivait sur un débarcadère et, une fois mêlée à l'eau, façonnée et transformée par la cuisson, repartait d'un autre sous forme de briques. C'était un haut bâtiment, un des plus hauts de Londinium, et deux énormes cheminées crachaient nuit et jour une dense fumée qui se perdait dans le brouillard du ciel pollué. Autour, c'était comme une fumée vivante, cela grouillait d'humains et d'animaux, le seul endroit de la ville où les deux catégories étaient plus nombreuses la nuit venue. Mais c'était là aussi que l'on apprenait le plus de choses.

Arsène repéra le néon clignotant de la *Boule Noire*, avec son B qui peinait toujours à rester allumé. Quand le gérant aurait mis la main sur le voleur, il aurait les moyens de le faire réparer. Ou pas. C'était l'un des principaux défauts d'Arsène que d'imaginer que les autres pensaient comme lui, mais le gérant n'en avait peut-être rien à faire, de son néon. La *Boule Noire* attirait les foules, que son enseigne clignote ou pas. D'ailleurs, pendant longtemps, elle n'en avait pas eu : c'était simplement le bar de la Briqueterie, où les employés se précipitaient une fois leur carte passée dans la machine à pointer qui comptait leurs heures de travail. À l'intérieur, sur le mur de brique du fond, un graffiti représentait trois hommes schématisés se tenant debout autour de ce qu'on ne pouvait désigner autrement que comme une boule noire, sans que personne ne s'explique de quoi il s'agissait, ni se souvienne de quand ce graffiti était apparu. Il avait fini par donner son nom au bar, un nom français parce que les ouvriers de la Briqueterie avaient longtemps été des Français, des huguenots fuyant les guerres de religion, au XVIe siècle. Et le patron, un type qui n'avait pas mis les pieds dans le quartier depuis au moins cinq ans – et encore moins en France – et se reposait sur ses gérants, trouvait que la *Boule Noire*, ça sonnait bien. Ou c'était sa femme qui l'avait convaincu, une de ces femmes alors si nombreuses qui aimaient les parfums et les robes venus de Paris.

Arsène s'installa sous un banc, face à la *Boule Noire*. Il détestait être assis sur le trottoir. Et c'était ridicule quand on portait un chapeau, une redingote et des rubis aux doigts. Mais c'était une autre de ces règles tacites de Londinium : on ne partageait pas un banc public avec des humains, en l'occurrence un couple d'amoureux qui s'embrassaient avec fougue. Encore un couple parfumé. Le type portait trop d'après-rasage au cèdre, et la fille un parfum bon marché à base de vanille et d'iris, à la mode cette année, un parfum qu'Arsène redoutait presque autant que le Brillato. Il réprima son envie d'éternuer. C'était vendredi, et la *Boule Noire* semblait frénétiquement avaler et recracher les consommateurs. Tout ce que la ville comptait de jeunes ou moins jeunes gens avides de s'amuser s'y précipitait à un moment ou à un autre. La musique d'un énorme juke-box se déversait dans la rue, et les vendeuses de sandwiches du kiosque voisin dansaient à son rythme.

À travers les baies vitrées, Arsène apercevait le grand comptoir en zinc. Le serveur qu'il avait suivi l'autre soir et la serveuse qu'il avait identifiée comme Sally s'y affairaient.

Un homme plus âgé, chauve et gros, se tenait derrière la caisse. Le gérant, bien sûr. Sur le banc, les amoureux continuaient d'échanger des propos insipides et des baisers langoureux dans des effluves de vanille. L'attente fut longue pour Arsène, pattes repliées, quand enfin il aperçut le gérant ouvrir une porte située dans le fond de la salle, une porte qui ne menait ni aux toilettes ni aux réserves de bière.

L'intuition, ou l'envie de se dégourdir les jambes, poussa le lapin à se faufiler sous le banc, le long des poubelles et derrière le pâté de maisons, vers ce qui devait être une arrière-cour dans laquelle, en effet, se tenait le gérant, à l'ombre d'un escalier. Arsène resta à distance, derrière un réverbère, tandis que le gros homme guettait quelqu'un ou quelque chose et jetait des regards inquiets à droite, à gauche. La rue était vide, à l'exception de quelques souris visitant les poubelles. C'était comme l'envers d'un décor de cinéma : d'un côté, les lumières de la ville et de l'autre, les façades de contreplaqué brut.

Enfin, Arsène entendit le bruit d'une voiture. Il se tapit derrière le réverbère tandis que le véhicule ralentissait et s'immobilisait devant l'arrière-cour. Le gérant sortit de l'ombre en courant aussi vite que sa corpulence le permettait, et s'approcha de la vitre de la voiture. Sa grosse main potelée tendit une enveloppe que la main gantée du chauffeur attrapa prestement. La transaction avait duré à peine quelques secondes, et le gérant était déjà rentré dans son bar tandis que la voiture tournait au coin de la rue.

Nul besoin d'être détective, enquêteur ou lapin amateur d'or pour déduire que l'enveloppe contenait de l'argent, plutôt qu'une lettre d'amour ou une liste de courses. Une fois cette déduction faite, on pouvait tout aussi facilement imaginer que cet argent, le gérant l'avait prélevé dans la caisse. Il ne restait qu'à accuser un serveur du vol. Mais pourquoi le gérant ne gardait-il pas cet argent pour lui ? Pas la peine pour cela de faire venir une voiture avec chauffeur : la poche d'une veste suffisait.

Perdu dans ses réflexions, Arsène ne vit pas les deux renards appuyés sur une poubelle, au coin de la ruelle qui menait à l'avenue illuminée. Tout se passa en quelques secondes. Plus tard, quand il repensa à la scène pour essayer de comprendre comment il s'était retrouvé dépouillé de sa montre en or, il s'étonna surtout de ne pas avoir senti les deux animaux. Il avait toujours repéré les renards à des dizaines de mètres de distance. Secoué par l'incident, mais par ailleurs sain et sauf – si l'on peut qualifier de sain et sauf un lapin méticuleux et obsédé par ses possessions matérielles qui se retrouve privé de sa montre, avec une manche de redingote arrachée et après s'être fait copieusement insulter –, Arsène décida qu'il avait besoin de prendre un remontant dans les Terriers Rouges.

Tremblant encore légèrement, il entra au *Sad Possum*, soit l'Opossum triste, un bar plutôt mal nommé car tous les opossums du coin étaient particulièrement joyeux. Ils avaient le monopole des établissements nocturnes des Terriers Rouges, et ils y faisaient fortune. Or, à Londinium, la fortune rendait joyeux. Le *Sad Possum* ne ressemblait en rien aux *Two Ducks* : un néon rouge éclairait le plancher usé par les clients, le mobilier était noir sans que l'on sache si c'était de la peinture ou de la crasse. Le patron, Jeff, reconnut Arsène et lui apporta immédiatement une chope de serpolette.

– On dirait que tu en as besoin, de celle-là… Qu'est-ce qu'il s'est passé ?

– Des renards…

– Qu'est-ce qu'ils te voulaient, ces renards ?

– Ma montre en or. Et aussi la couture de ma manche, on dirait.

– Bordel, et ils ont réussi ?

– Tu as déjà vu un lapin tenir tête à deux renards ?

– J'ai jamais vu de lapin avec des bagouzes en diamant, une montre à gousset et une consommation pareille de lucernum et de serpolette, alors…

– Rien de tout ça ne m'a aidé. Le lapin à montre à gousset, là, c'est fini. Je n'ai plus de montre et je m'estime heureux qu'ils n'aient pas touché aux bagues…

– Mais tu les as pas sentis arriver ?

– Non, c'est ça qui est bizarre. Et ma veste ne sent rien non plus, là où ils ont posé leurs pattes répugnantes. C'est vraiment étrange.

Arsène n'aimait pas confier ses interrogations, surtout pas à un patron de bar bavard, mais il était encore sous le choc et il avait besoin de parler. L'opossum rigola.

– C'est peut-être l'âge ? Tu as l'odorat qui flanche ?

– Tu plaisantes, Jeff? Je peux te dire qu'aujourd'hui tu as raclé la poubelle qui est à droite de l'entrée de ton bar, ce bar qui par ailleurs pue la sueur de hérisson à plein nez. Il y a quelques heures, une loutre a bu... un thé d'algue ? En tout cas, à l'endroit même où je suis assis. Et pourtant, tout ça, c'est difficile à deviner, parce que, avec ce que tu empestes, toi, ça masque un peu les senteurs raffinées...

– OK, OK, je retire, tu es toujours aussi fort... Très mignonne, la loutre, d'ailleurs. Des petits yeux noirs bien rapprochés, comme j'aime. Fourrure nickel. Mais complètement paniquée. Elle n'avait jamais mis les pieds dans les Terriers Rouges. En fait, je pense qu'elle n'avait jamais mis les pieds en ville. Je te jure, commander un thé d'algue à dix-huit heures et au *Sad Possum*... J'ai dû aller en chercher chez Jasper, parce que je sais que sa mère en boit. Il s'est foutu de ma gueule.

– Et qu'est-ce qui la paniquait, cette loutre ?

– Elle avait perdu sa sœur ! Une fille arrivée en ville il y a quelques mois. Là-bas, dans la boue dont elle vient, ils n'ont pas eu de nouvelles depuis deux semaines et, apparemment, c'est inhabituel. J'ai essayé de lui expliquer comment ça se passait, dans le coin. Qu'il y avait plus de filles qui arrivaient que de filles qui s'en sortaient... J'ai pas voulu être trop méchant, mais sa sœur, elle doit faire le tapin sous le pont des Pendus à l'heure qu'il est. Si elle est encore en vie !

– Probablement. Mais pourquoi elle a fini chez toi, cette sœur inquiète ?

– Parce que, figure-toi que sa sœur, celle qui a disparu, lui avait écrit qu'elle fréquentait mon « établissement », comme elle a dit. Tu imagines ? Comme si une loutre avait pu passer inaperçue ici… J'ai pas voulu la décevoir, j'ai répondu que je garderais l'œil ouvert. Aussi bien, sa sœur, elle « fréquentait » le Fat Mutton, le grand magasin. Et l'autre, elle a confondu. Elles savent même pas lire, ces paysannes…

– Oui, sûrement… Tu me sers une autre serpolette ?

– Déjà la deuxième ? Va falloir s'habituer aux renards qui attaquent, tu sais. Il paraît que ça n'arrête pas. Tu connais Big Louie, le ragondin qui traîne parfois ici ? Un renard a essayé de le coincer pour lui piquer quelques pièces d'orcuivre. Big Louie lui a tenu tête, mais ça aurait pu mal finir…

– Moi aussi, j'aurais tenu tête, s'il n'y avait eu qu'un renard et si le seul enjeu avait été des pièces d'orcuivre. Mais pour une montre, une splendide montre à gousset en or, ils ont été féroces. Et Big Louie, il n'a rien vu venir ? Ou plutôt il a rien senti ? Parce que myope comme il est…

– Non, pas plus que toi. Il faut dire, avec tout ce qu'il bouffe, je ne suis pas sûr que son odorat soit encore très au point !

Tout de même. Si Arsène se targuait d'avoir un odorat supérieur à celui des ragondins, c'était justement parce que ce dernier était particulièrement développé. Et, par habitude, les animaux se tenaient toujours à distance respectable des renards qui, sans oser attaquer en plein Londinium, étaient capables de s'échauffer et montrer les dents. Si on ne pouvait même plus les repérer et qu'en plus ils se mettaient à mordre et dévaliser, la vie allait devenir compliquée.

Le lapin se leva de son tabouret pour insérer une pièce d'ornickel dans le juke-box. La pièce tintinnabula dans les intestins de la machine, puis la voix de Joséphine Baker emplit l'espace enfumé. *«J'ai deux amours, mon pays et Paris...»* Le patron grommela.

– Arsène, je t'ai expliqué que *Sad Possum*, c'était un nom, pas un concept. Ta musique déprimante, c'est pas bon pour la clientèle. Déjà qu'il y a personne, ce soir...

Arsène se tourna vers deux hérissons qui jouaient aux cartes dans un coin.

– Ça vous dérange ?

L'un d'eux leva la tête et grogna :

– C'est bon, je me sens comme à la maison, ma mère écoute ça en boucle en faisant son ménage...

Arsène revint au bar.

– Tu vois, Jeff, c'est une chanson à la mode. C'est pour ça qu'elle est dans ton juke-box, d'ailleurs. Alors, tu veux que ton bar soit à la mode ou pas ?

– Je préfère quand je comprends les paroles. Et quand c'est moins triste.

– Ce n'est pas triste... C'est une chanson qui parle de Paris.

– Merci, c'est le seul mot que j'ai compris.

– Si tu avais connu Paris, toi aussi, tu serais nostalgique...

– Bon, ben j'ai pas connu Paris. Et tant mieux, parce que la nostalgie, au cas où t'aurais pas remarqué, c'est pas mon truc.

La voix de Joséphine Baker s'évanouit au moment où un bruyant groupe d'une dizaine de ragondins entrait dans le bar. Ils s'attablèrent au milieu de la salle et commandèrent des doubles pintes de serpolette. Le plus grand d'entre eux s'approcha du juke-box et, quelques secondes plus tard, la voix rocailleuse de Blind Willie Johnson, un chanteur de blues aveugle, entamait *John the Revelator.* «*Well, who's that writin ?…*» Derrière son bar, Jeff marquait le rythme de mouvements saccadés du menton.

– Ça, c'est de la musique… Pas un truc de nostalgique.

Arsène soupira.

– Oui, enfin, c'est un truc de religieux, une histoire d'Évangile. Tu m'excuses, mais ce n'est pas mon truc, à moi. Tu les comprends, les paroles, là, non ?

Jeff fronça son museau.

– Ah ! Bon, je sais pas. En fait, pour être honnête, je les écoute jamais, les paroles…

– Les ragondins adorent les aveugles qui chantent, parce qu'ils n'y voient rien eux-mêmes. Moi, j'aime les chansons qui parlent de Paris parce que j'y ai vécu. Toi, tu aimes la musique qui remue parce que tu passes ta vie derrière un comptoir. Voilà, chacun ses raisons.

Un gros ragondin s'était posté devant Arsène et marmonna d'un ton agressif.

– C'est qui, qui n'y voit rien ?

– Personne en particulier…

– Je préfère. Parce que ta tête de lapin radin, là, de bien

près, je la vois parfaitement, avec son chapeau qu'on dirait le Dôme lui-même et un monocle en or massif…

Jeff tapa sur l'épaule du ragondin.

– C'est bon, c'est bon, on va pas se battre pour des chansons. Allez, tournée de serpolette pour tout le monde !

Une fois les ragondins rassis et occupés à trinquer à Blind Willie Johnson, à leurs petites amies puis à leurs mères et à leurs sœurs, Arsène se pencha vers Jeff et murmura :

– Je n'ai jamais vu ça ! Un ragondin susceptible…

– Les temps changent… C'est peut-être parce qu'il y a un peu de surpopulation, au bord des rivières. Tout le monde est tendu.

– Oui, mais si on est obligé de rendre tout le monde alcoolique pour avoir la paix…

– Écoute, moi, ça me gêne pas. Et aucun opossum du quartier ne va s'en plaindre. Tu vois qui c'est, Marcel ?

– Le gérant du *Blue Moon* ? Le type gominé qui fait ses courses en béret pour faire croire qu'il a du sang français, alors qu'il n'a jamais mis les pieds hors de son pâté de maisons ?

– Oui… Pardon, mais quand on tient un cabaret, le chic français, c'est indispensable, non ?

Arsène fit mine de s'étouffer avec sa serpolette.

– Le chic français ? Avec un béret ? Laisse-moi rigoler. Et les filles qu'il emploie, toutes plus vulgaires les unes que les autres… Mais il les fait parler avec un accent et fumer des cigarettes françaises, et tous les clients n'y voient que du feu. Bientôt, il leur fera porter des bérets, à elles aussi. Tu me diras, les clients du *Blue Moon*, ils n'y vont pas pour réfléchir, ni pour apprendre le français.

– Bon, chacun son métier. Marcel, en tout cas, il a jamais vu ça : en ce moment, au *Blue Moon*, ça déborde de ragondins, de loutres et de rats musqués. Ils ont besoin de se détendre. Marcel dit que, si ça continue, il va vraiment pouvoir se le payer, son voyage à Paris…

Arsène soupira.

– Manquerait plus qu'il écoute Joséphine Baker. Oui, les temps changent, tu as sûrement raison. Allez, je vais réfléchir à ça dans mon terrier.

– T'as besoin de lucernum, oui ! Pourquoi tu vas pas fumer au *Lampion d'or*, allongé sur leurs canapés en soie ?

– J'ai surtout besoin d'être seul. Assez de rencontres pour ce soir… Allez, bonne soirée, Jeff.

– Bonne nuit, Arsène.

Au passage, le lapin souleva son chapeau pour saluer les ragondins. Mais aucun ne fit attention à lui, et peut-être cela était-il heureux, car ils auraient pu prendre ce geste pour un affront. Il trotta jusqu'aux galeries inférieures en se demandant ce que signifiaient tous ces changements de comportement, ce que voulait le garçon sous le Dôme, où avaient pu passer la loutre et l'argent du gérant… Il en avait presque oublié son agression, jusqu'au moment où il enleva sa redingote pour la suspendre dans son entrée. Il la renifla à nouveau. Rien, sinon un mélange de fumet d'opossum, de hérissons et de ragondins, de tabac et de serpolette, agrémenté de la poussière et du pollen de platane qu'il y avait sous le banc. Le renard n'avait pas mordu fort, il n'avait pas eu l'intention de croquer Arsène, juste de l'avertir qu'il valait mieux lâcher sa montre. Mais tout de même… La montre ! C'était tellement triste qu'il avait arrêté d'y penser. Il alla farfouiller dans le tiroir de sa commode jusqu'à ce qu'il trouve la montre-bracelet que lui avait léguée son père. C'était un modèle en or avec bracelet en cuir de crocodile, imaginé par Louis Cartier lui-même. La légende familiale disait que son père l'avait volée dans le magasin Cartier, rue de la Paix, à Paris. Il n'était pas question de la porter, la montre était à taille d'humain et il ne la sortait jamais du tiroir. Elle était à plus d'un titre trop précieuse pour risquer d'être abîmée ou volée par un visiteur. Et puis Arsène détestait l'odeur résiduelle du crocodile. Peut-être aussi qu'il ne voulait pas être sans cesse réduit à ce qu'avait dit sa mère en lui léguant la montre : «Avec ton calme et ton sérieux, il n'y a que toi qui puisses hériter de ça. Je sais que tu ne l'abîmeras pas. Tu t'en serviras pour chronométrer tes lectures ! »

Il mit la montre à l'heure de son horloge, puis fit tourner le petit saphir qui permettait de remonter le mécanisme. Il la déposa sur sa table de nuit, se déshabilla prestement, ravi de ne pas sentir le renard, fit quand même une toilette soignée parce qu'il faisait toujours une toilette soignée, se lustra les poils et se mit au lit avec les *Épigrammes* de Lucien. Il choisit de méditer sur l'épigramme consacrée à la richesse et qui, traduite, donnait à peu près ceci : « La richesse de l'âme est la seule richesse; les autres biens sont féconds en douleurs. Celui-là seul mérite d'être appelé opulent et riche, qui sait jouir de ses propres biens. Mais l'homme qui sèche à calculer son avoir, et qui passe sa vie à mettre trésor sur trésor, ressemble à l'abeille qui, dans ses alvéoles aux mille cellules, se donne bien du mal pour qu'un autre enlève le miel.» Peut-être que les choses n'avaient pas tellement changé depuis le IIe siècle. On passait sa vie à amasser du miel ou de quoi acheter une montre en or, et un autre venait se servir directement dans votre alvéole ou à votre poignet. Il fallait savoir laisser partir tous ces bienfaits matériels et se contenter de sa richesse d'âme. Arsène n'était pas entièrement convaincu, mais un peu de grec lui faisait toujours du bien, et il finit par s'endormir.

3
L'arrêté 343

C'est un grondement sourd qui tira Arsène d'un sommeil de plomb. Pas le temps pour une méditation sur Wittgenstein ou autre rêverie. Il sauta de son lit, ajusta son monocle, enfila son peignoir et chercha sa montre sur la table de nuit. Son cœur se serra quand il vit le bracelet : il avait oublié qu'il n'avait plus son gousset. Dans tous les cas, il n'était que huit heures et Arsène aimait d'ordinaire dormir jusque vers midi.

Il grogna, mais cela ne suffit pas à couvrir le bruit terrifiant qui continuait au-dessus, maintenant accompagné de la course des pattes des habitants des terriers voisins, visiblement aussi secoués que lui. Il hésita à prendre un chapeau. Après tout, aucun chapitre des manuels de parfait gentleman qu'il possédait n'était consacré à la sortie dans les galeries vêtu d'une simple chemise de nuit et d'un peignoir. Un canotier aurait l'air assez informel, mais le bruit continuait et il renonça à le chercher parmi ses affaires d'été. Il partit tête nue, sans même avoir fait sa toilette matinale.

Partout, des animaux en vêtements de nuit ou dans leur simple pelage, selon leur degré d'intégration, couraient en agitant les pattes dans tous les sens, poussant de petits cris ou leurs enfants devant eux. Le grondement venait des étages supérieurs et était assorti de vibrations de plus en plus violentes au fur et à mesure que l'on s'approchait de la surface. Là, la panique était à son comble. Des musaraignes qui vivaient dans les terriers hauts hurlaient. Des morceaux entiers de logements étaient en train de s'effondrer. Les foules se pressaient de manière désordonnée, et Arsène dut patienter avant d'arriver sur l'une des grandes plates-formes des galeries supérieures.

Il joua des coudes pour se frayer un chemin. Contre le mur du fond, ou plutôt dans le mur du fond, cinquante ragondins (il les compta rapidement, et c'était facile car ils étaient rangés par cinq) creusaient la terre de leurs longs doigts griffus, en rythme. Ce qui faisait cinq cents griffes en train de détruire le mur. Mais ce travail seul n'aurait pu expliquer les vibrations. Ils devaient être plusieurs groupes de cinquante, répartis dans toutes les galeries. Les spectateurs, interdits, regardaient la terre tomber et le trou progresser, de plus en plus noir. Arsène essaya d'oublier qu'il était en peignoir et s'approcha de l'un des ragondins.

– Euh… Excusez-moi ?

Le ragondin ne se retourna pas. Soit ils étaient tous affectés du même défaut récent d'odorat, soit l'animal n'en avait rien à faire de lui. Arsène poursuivit un peu plus fort :

– Excusez-moi, selon l'arrêté 258 du ministère du Grand Intérieur, le percement de nouveaux terriers dans les galeries supérieures est prohibé…

Le ragondin ne se retourna toujours pas, mais un autre, à sa gauche, s'interrompit momentanément et s'approcha d'Arsène.

– Qu'est-ce qu'il veut, le lapin en pyjama ?

– Selon l'arrêté 258 du ministère du Grand Intérieur, le percement…

– … de nouveaux terriers dans les galeries supérieures est prohibé, oui, on sait. Mais selon l'arrêté 343 du ministère de l'Hygiène, suite à la surpopulation des berges de l'East River, le percement de nouveaux terriers dans les galeries supérieures est autorisé aux ragondins titulaires du permis de creuser que voici. Vous devez savoir lire, même si vous n'avez qu'une demi-paire de lunettes…

Et il sortit un papier souillé de sa poche, qu'Arsène prit la peine de déchiffrer. Le document portait bien le sceau du ministère de l'Hygiène, et le serpent du caducée gravé à l'encre bordeaux semblait le regarder avec perfidie, comme s'il annonçait lui-même la fin de la paix dans les terriers.

– Mais c'est bien trop dangereux de creuser, c'est déjà un vrai fromage, là-dedans…

Le ragondin lui arracha le morceau de papier.

– Si monsieur veut bien s'occuper de son propre terrier et nous laisser construire de quoi abriter nos familles… À moins qu'il ne préfère aller se plaindre au ministère de l'Hygiène ? Dans ce cas, il lui faudra s'habiller d'abord !

Et, dans un grand éclat de rire partagé par tous les ragondins, il reprit son travail.

Arsène se retourna. Tous les animaux regardaient la scène. Quelques petites musaraignes pleuraient dans les pattes de leurs mères. C'était bien la peine de sortir de l'état sauvage pour se retrouver à vivre des absurdités pareilles. Les animaux optaient toujours pour ce qu'il y avait de pire chez les humains : il leur fallait des terriers individuels, de plus en plus confortables, et voilà où on en était… Peu soucieux de ses propres contradictions, le lapin rentra chez lui dans son confortable terrier individuel, en essayant d'éviter les chutes de gravats et les courses d'animaux paniqués. Sur le mur, l'horloge vibrait. Elle ne pourrait bientôt plus indiquer l'heure correctement et il faudrait veiller à garder sa montre parfaitement remontée. C'était angoissant. Aucun autre dégât n'étant à déplorer, il renonça à la tentation d'une pipe de lucernum, et fit durer sa toilette le plus longtemps possible pour oublier qu'il s'était promené dans les terriers si peu vêtu. Sans doute pour la même raison, il s'habilla avec encore plus de soin que d'habitude. Les boutons de manchette s'imposaient. Au moment d'enfiler sa redingote préférée, nouveau serrement de cœur à la vue de la manche arrachée par des dents de renard. Décidément, les temps étaient durs. Il regarda la pipe dans son cendrier. S'il fumait maintenant, il ne serait pas sorti avant au moins une heure. La vérité dépérirait lentement. Non, il valait mieux que ça, il avait des choses à découvrir et des familles entières à sauver. Il sortit donc de sa housse la redingote des occasions spéciales, en peau de taupe retournée. Encore un cadeau de son père, bien sûr, il ne l'avait pas portée depuis… depuis l'intronisation du ministre du Grand Intérieur, justement. Puisqu'il avait prévu ce matin de se rendre au ministère, c'était approprié, même s'il se contenterait cette fois-ci des parterres du jardin plutôt que des salons d'apparat.

Dans les galeries, toujours le même chaos. Mais peu à peu les animaux comprenaient ce qui était en train de se passer et la plupart en prenaient leur parti. Que pouvait-on faire contre des hordes de ragondins ? Et surtout, que pouvait-on faire contre une circulaire de ministère ? Arsène se désolait de voir que tous étaient si soumis. Il garda la tête haute, ce qui était d'autant plus facile qu'il avait choisi de poser dessus un haut-de-forme en feutre noir à l'équilibre précaire.

Il faisait déjà très doux et il regretta vite le port du feutre qui lui chauffait les oreilles. Il ne voulait pas arriver avec les pattes humides de transpiration. Les humains avaient le bon goût de transpirer à des endroits que l'on ne voyait pas, comme les aisselles. Les lapins ne transpiraient que par les pattes, des extrémités qu'Arsène ne pouvait enfermer dans des gants ou des chaussures, car cela l'aurait empêché de se déplacer. Il avait bien essayé : après tout, quelques générations avant la sienne, avant l'Intégration, aucun animal ne portait le moindre vêtement. Et ceux des campagnes continuaient à se promener nus comme des vers, ou comme des lapins. Dans quelques générations, tous les lapins urbains auraient probablement des pattes arrière adaptées au port des chaussures, et des pattes avant faites pour les gants à boutons de nacre. Mais rien à faire pour le moment. Lorsqu'il essayait de porter des chaussures, Arsène glissait misérablement, il ne réussissait même pas à sortir de son terrier. Quelle humiliation que de pouvoir lire des philosophes grecs, alors qu'il échouait à marcher avec cette fichue paire de chaussures enfermée avec les gants dans le placard où Arsène les caressait régulièrement du regard, voire d'un revers de patte.

Les gardes bien humains du ministère du Grand Intérieur, eux, portaient des uniformes complets, bottes cirées et gants blancs. Ils disposaient même d'un fusil à baïonnette tourné vers le ciel, comme si c'était de là que viendrait le danger. Arsène passa entre les guérites sans être dérangé. C'était en haut des marches que s'effectuait le véritable contrôle. Il bifurqua donc juste avant l'escalier, espérant avoir été aperçu depuis la fenêtre du bureau du quatrième étage pendant qu'il empruntait l'allée centrale, aussi droit que possible. Il entra dans un massif d'hortensias et se mit à siffloter tant bien que mal : *J'ai deux amours, mon pays et Paris*… Un sifflement parfait sur l'air de *La petite Tonkinoise*, une autre chanson de Joséphine Baker, lui répondit. C'était le signal : quelques minutes plus tard, un jeune homme en costume croisé se glissait entre les boules de fleurs odorantes.

– Ça faisait longtemps, Arsène… Qu'avez-vous à vendre ?

– Je suis désolé, Firmin, rien.

– Mais que faites-vous ici ? Je n'ai pas de temps à perdre, le ministère est en ébullition.

– Justement. Je veux savoir ce qu'il se passe avec le ministère de l'Hygiène. Des ragondins ont commencé à creuser des terriers dans nos galeries. Et qui dit ragondins dit eau. Ils ne vont quand même pas faire venir de l'eau, en plus ?

Le jeune homme s'était rembruni et regardait la pointe de ses chaussures.

– Si… Nous n'y pouvons rien. Harrow a fait valoir que ce serait une catastrophe, mais il a de moins en moins de poids face à Woodruff. Oui, le ministre de l'Hygiène est en pleine ascension, et le Grand Chambellan n'écoute plus que lui. Seule la reine aurait pu intervenir, à ce stade.

– Qu'elle intervienne ! La ville va s'effondrer…

Le jeune homme baissa la voix et se plia en deux pour se mettre au niveau du haut-de-forme d'Arsène.

– Secret absolu : Sa Majesté est partie en France incognito pour quelques semaines. La saison de la chasse a commencé sur le continent. Têtue comme elle est, elle refuse d'abandonner ce passe-temps si… si humain. Si cela se savait, on aurait une émeute dans les terriers. C'est le Grand Chambellan qui règle les affaires courantes.

– La destruction des terriers n'est pas une affaire courante !

– C'est comme ça, Arsène. Les ragondins sont bien introduits au ministère de l'Hygiène, on les écoute – après tout, ils sont indispensables à l'entretien des rivières. On leur a concédé le détournement d'une branche de l'East River, juste à côté des Terriers Rouges. C'est pour cela qu'ils creusent autour, ils préparent leurs logements. Et ils sont nombreux, on ne peut pas leur enlever ça. Cela allégera un peu la pression sur les castors, les rats musqués, les loutres et les canards. Parce que c'est devenu infréquentable, sur certaines berges. Trop de monde, trop de bagarres… Il reste juste à espérer que le sol tienne le coup.

Le lapin ne répondait rien. À part déménager, et cela était exclu, il n'y avait aucune solution pour lui. Il se rappela ce qui l'amenait.

– Ah ! À propos de loutre... J'ai une enquête en cours. Si je vous dis « loutre », vous ne pensez à rien de spécial ?

Le garçon fronça un sourcil.

– Non, je ne vois pas. Je suis préoccupé par les renards, en ce moment. Ça suffit à mes journées. D'ailleurs, je cherche des informations sur le sujet. Mais vous n'avez peut-être plus besoin d'argent, puisque vous vous baladez en habit de soirée ?

Arsène toussota.

– J'ai toujours besoin d'argent. Et c'est en partie à cause des renards. Alors je vais me renseigner... Merci pour ces tuyaux sur le creusement des terriers.

– Je suis navré, Arsène. Vous et moi, nous aurions peut-être dû rester à Paris !...

Et le jeune homme se remit à siffloter : *J'ai deux amours...*

– J'aurais fini en civet. Avec de la moutarde de Dijon, certes, plutôt que ce truc trop jaune et trop sucré qu'ils utilisent ici, mais en civet quand même. À bientôt, Firmin.

Et Arsène détala aussi vite que ses vêtements ajustés le lui permettaient.

Le lapin décida de continuer à prendre l'air, plutôt que de regagner son terrier, qui devait ressembler à la *Boule Noire* après deux heures du matin : vibrations insupportables et cris hystériques. Il n'avait pas l'habitude d'être dehors si tôt. Les rues étaient encombrées de mille activités qu'il fallait éviter, marchés ou vente de légumes à la sauvette sur trois caisses de bois, seaux d'eau versés par des ménagères consciencieuses tentant en vain d'éradiquer la crasse sur les trottoirs, cireurs de chaussures, vendeurs de journaux, vitriers marchant péniblement sous leur fardeau, peintres en bâtiment portant échelle et pinceaux dégoulinants... C'était épuisant, mais pas autant que le bruit des ragondins. Il en profita pour acheter des pissenlits frais qui le changeraient des poudres ou des feuilles déshydratées qu'il se procurait d'habitude chez une taupe dans une échoppe à l'entrée de sa galerie. Sans se l'avouer tout à fait, il rechignait un peu à s'approcher de la taupe alors qu'il portait un manteau confectionné avec la peau de cet animal. On avait à Londinium le droit de continuer à porter des cuirs ou des fourrures hérités de ses ancêtres, afin que ces pauvres bêtes transformées en sacs à main ou en étoles ne soient pas mortes en vain, mais c'était de manière générale assez mal vu et il était interdit d'en faire le trafic. Le lapin s'assit sur un muret et grignota lentement les feuilles vertes en réfléchissant. Ce n'était pas aussi efficace que le lucernum, mais il constata que mâchouiller les feuilles le détendait. Il devrait se procurer de la nourriture fraîche plus souvent. Enfin, au prix où il avait payé son pissenlit, il lui faudrait vendre quelques informations d'abord... Il ne se souvenait pas que ce fût si cher. Les rats musqués, qui contrôlaient les arrivées de péniches venues des campagnes chargées de fruits et de légumes et prélevaient un impôt au passage, n'y allaient pas de main morte. Il l'avait lu dans le cahier central du *Londinium Times*: circulaire 3040 du ministère des

Échanges, autorisation concédée aux rats musqués de fixer le montant des taxes de circulation fluviale. Décidément, on avait les espèces du fleuve à la bonne, en ce moment. Il ne manquerait plus que les loutres et les volatiles se mettent à revendiquer de nouveaux droits, eux aussi.

La loutre… Arsène était sans cesse distrait dans sa quête. Pour l'instant, il avait deux pistes : la réaction soudaine des mendiants lorsqu'il avait évoqué Lottie et la visite de la sœur de la loutre au *Sad Possum*. Car il ne faisait aucun doute pour Arsène que c'était la sœur de Lottie qui était venue la chercher chez Jeff. Dans la vie du lapin, le hasard se manifestait comme cela, il fallait savoir l'écouter. Mais pourquoi le *Sad Possum*, puisque Jeff n'avait jamais vu la loutre auparavant ? Il était évident par ailleurs que le gamin roux sous le Dôme la connaissait, cette loutre, et aussi que le père du gamin ne voulait pas que cela se sache. Il n'en tirerait rien, c'était donc trop tôt pour aller promener ses redingotes sous le Dôme. Peut-être qu'il fallait à nouveau questionner Johnny ? Arsène avait surtout envie de compagnie pour faire face à toutes ces révélations, et celle d'un lapin lui semblait préférable à une pipe de lucernum, maintenant qu'il avait goûté aux joies de la vie saine, si on pouvait qualifier comme cela la botte de pissenlits qu'il venait de terminer.

Il sauta de son muret et passa devant la cathédrale, où une voix familière attira son attention. Juché sur une caisse, le même prédicateur qu'il avait entendu la veille s'adressait aux foules matinales, constituées principalement d'humains.

– Bientôt, vos enfants ne pourront plus s'approcher des berges ! Un rat musqué a été attaqué hier par un autre animal. La prochaine fois, ils s'en prendront à un humain ! Souhaitez-vous que ce soit votre fils, votre fille ? Vous avez voulu leur faire confiance, ils vous poignardent dans le dos. Réagissons avant qu'il ne soit trop tard ! Chassons les animaux hors de Londinium ! Les temps viendront ! Repentez-vous et ressaisissez-vous !

En entendant les cris et les nombreux applaudissements, Arsène prit ses pattes à son cou. Il tenait à ce que celui-ci ne soit pas tranché tout de suite par une foule en colère.

4
D'où viens-tu, Johnny ?

Johnny… Pour décrire Johnny, Arsène devait recourir au récit de leur rencontre. Un matin, alors qu'il longeait les quais de l'East River, le lapin avait observé le débarquement d'une péniche de sable dans laquelle étaient entassés des migrants. Rien d'inhabituel dans ce tableau de dizaines de familles d'animaux se pressant pour toucher la terre promise, tandis que les bateliers déchargeaient leurs cargaisons sur la berge. On aurait pu installer ici un modèle réduit de la statue de la Liberté, comme celle qu'il y avait sur une île de la Seine à Paris, tellement les arrivées ressemblaient à ce que l'on savait d'Ellis Island, à New York. À la différence près qu'ici, à Londinium, les bureaux d'immigration étaient tenus par les loutres, et que les humains arrivaient en train, en voiture, à cheval ou, le plus souvent, à pied. Les animaux, eux, suivaient le fleuve. Parfois sur leurs pattes, parfois à bord des embarcations qui les acceptaient. Ils se ressemblaient tous : ils traînaient un bagage et, une fois arrivés, ils levaient le museau comme si l'air, le ciel et les nuages avaient changé depuis leur campagne natale. Lorsque les loutres du quai avaient tamponné leurs papiers, ils avançaient d'un pas hésitant, eux qui avaient été si pressés de quitter le bateau sur lequel ils s'étaient pour la plupart sentis mal à l'aise. Les mères fixaient le sol en poussant leurs enfants vers l'avant, vers quelque destination arrangée au préalable, espérant ne pas se perdre et ne pas avoir à suivre les guides rusés qui proposaient leurs services et qui cherchaient souvent à se faire beaucoup d'argent sans rien indiquer du tout.

Ce matin-là, Arsène contemplait le sang neuf qui irriguait la ville, se demandant ce que deviendrait telle famille de hérissons ou telle loutre solitaire. Et ce lapin. Car il restait un lapin devant le guichet d'immigration, un lapin de taille conséquente, aux muscles saillants et aux oreilles immenses. Tous ces attributs ne le dispensaient pas de devoir parlementer. La loutre ne lui tamponnait pas ses documents, pour la bonne raison qu'il n'avait aucun document.

Arsène s'était approché et avait entendu le lapin s'expliquer de sa forte voix. On lui avait volé son portefeuille pendant la traversée : il l'avait bêtement laissé en évidence dans la poche de devant de sa salopette, et on avait dû le dépouiller pendant une sieste. Il arrivait de Cornouailles, il avait droit au statut de réfugié quels que soient les papiers en sa possession, non ? La loutre continuait de dire non avec obstination. Les ordres étaient les ordres, si tout le monde commençait à n'en faire qu'à sa tête… À quoi servaient donc les circulaires si chacun débarquait comme cela un beau matin et… Arsène, sous le coup d'une inspiration aussi soudaine que surprenante chez lui qui était plutôt réservé, s'était avancé en criant, pattes levées, comme s'il reconnaissait un ami de longue date.

– Johnny ! Te voilà enfin ! Viens ici, que je t'embrasse !

Et il avait sauté par-dessus la barrière, pour tomber dans les bras du lapin ahuri. Il lui avait donné l'accolade la plus affectueuse dont il était capable, envers un inconnu de surcroît, et avait continué sa tirade.

– Maman m'a dit que tu partirais la semaine dernière de Cornouailles, et je guettais ton arrivée ! Tu as bien reçu les papiers d'immigration que je t'ai fait envoyer ? Où est ton portefeuille ? Il est toujours dans ta poche avant, normalement ! Tu n'as pas réussi encore une fois à te le faire voler ?

La loutre grogna un coup puis attrapa un papier qu'elle tamponna et tendit au lapin en salopette.

– Tenez, voici un permis temporaire, puisque monsieur se porte garant… Faudra veiller à vous faire refaire les vrais papiers… Allez, filez.

Les deux lapins s'étaient éloignés en échangeant à très haute voix des nouvelles de leur vieille mère en Cornouailles. Dans la première rue, le gros lapin beige s'était tourné vers Arsène :

– Écoutez… Je ne sais pas pourquoi vous avez fait ça. Mais je dois vous avouer que je ne suis même pas réfugié…

– Vous avez un accent du Nord, je me trompe ?

– Northumberland, oui. Et, euh… je ne sais pas pour la vôtre, mais ma mère est morte depuis longtemps.

– Oui, et vous n'avez pas non plus de papiers, et personne ne vous a volé un portefeuille, puisque vous n'en possédez même pas !

Les grandes oreilles du lapin étaient misérablement tombées.

– Comment vous le savez ?

– J'ai le sens de l'observation...

– Mais pourquoi êtes-vous intervenu ? Ah ! Vous êtes un marchand d'esclaves ? Je vais vous devoir combien ?

Arsène lui tapota l'épaule.

– Mais ça ne va pas ? Il n'y a pas d'esclaves à Londinium ! Vous ne me devez rien...

– Je déteste ça. Il y a toujours une dette. Je vais vous emmener boire un coup. Avec votre argent, bien sûr. Et dès que je gagne trois pièces d'orcuivre, je vous rembourse, d'accord ? Au fait, moi c'est Richard, mais je préfère vraiment Johnny, alors ce sera mon nom de ville. Topez là ?

Arsène avait rigolé puis tapé dans la patte du lapin. Ils avaient bu une pinte de serpolette, puis une autre, puis ils en avaient partagé au moins une chaque jour de leur existence ou presque. Le grand lapin avait fui la misère du Nord pour venir à la ville. Il détestait l'air marin, les moutons et les mines. Il n'avait plus de famille, ne connaissait personne et ne possédait rien, sinon sa salopette volée sur un dock. Bref, l'aventure, la vraie. Arsène avait été un peu jaloux de cette liberté, et c'était peut-être pour cela qu'il s'était appliqué à obtenir tout ce qu'il pouvait pour Johnny : papiers du ministère, colocation dans un terrier et même un emploi de manœuvrier derrière la Briqueterie. Le lapin s'était installé définitivement en ville, et Arsène lui rendait visite dès qu'il le pouvait.

Les terriers ne vibraient plus. Arsène se renseigna : les ragondins ne creusaient que de huit heures à midi, quelque circulaire annexe protégeant le bien-être du voisinage. Partout, des musaraignes se démenaient pour consolider leurs terriers de manière durable, voire emballaient leurs affaires pour déménager, vu que les travaux s'annonçaient longs.

Arsène trouva Johnny attablé devant une montagne de carottes. Il ne savait pas comment son ami se procurait autant de nourriture fraîche et il préférait ne pas le savoir – l'amour de la vérité risquait d'en pâtir. Pour sa part, il détestait le vol, peut-être parce qu'il en était incapable. Il ne comprenait pas non plus comment on pouvait manger de telles quantités. Il faut dire que, même pour un géant des Flandres, Johnny était énorme. Ses colocataires, de simples garennes, se contentaient des restes de ses repas. Flopsy était là, en train de faire sa toilette, et Arsène la salua. Flopsy, Mopsy et Topsy étaient de délicates lapines, trois sœurs aussi maniaques qu'Arsène : elles s'accommodaient pourtant parfaitement, et même avec bonne humeur, de l'ogre désordonné qui logeait parmi elles. Il faut dire qu'avec lui dans les murs personne ne les approchait jamais contre leur gré. Même les renards auraient hésité avant de se confronter à Johnny. Le lapin se leva, tendit une chaise à Arsène, puis une carotte fraîche. Arsène fronça le nez.

– Non merci, j'ai déjà mangé du pissenlit ce matin.

Johnny éclata de rire.

– De la vieille poudre desséchée… J'appelle pas ça manger !

– Non, j'ai acheté des feuilles près du quai. Mais les prix ont triplé, on dirait.

– Ah, peut-être, mais je ne me préoccupe jamais des prix, tu sais…

Arsène répondit sèchement.

– Oui, je sais. Bref, j'ai déjà mangé.

– Et qu'est-ce que tu faisais dehors si tôt ?

– J'ai été réveillé par le bruit.

– Quel bruit ?

Johnny avait l'air surpris, et Flopsy rit à son tour.

– Il n'a rien entendu… Il ronflait pendant que tous les terriers étaient en ébullition.

Arsène raconta à Johnny ce qu'il se passait dans les terriers. Soucieux, le lapin fit mine d'arrêter de manger, mais son appétit reprit le dessus. Quand il eut fini le tas de carottes, il se lava soigneusement les babines. Il attendit que Flopsy soit passée dans la pièce voisine et baissa la voix.

– Alors, Lottie ?

– Retrouver une loutre à Londinium, excuse-moi, mais ce n'est pas la chose la plus simple qu'on m'ait demandée.

– Le grand Arsène a résolu des enquêtes plus difficiles !

– Justement, c'est trop facile. Je veux dire, il n'y a rien qui accroche. Sinon qu'elle était jolie et débrouillarde…

– Jolie, ça, oui… Ses yeux ! Deux boutons de bottine en jais, tu vois le genre. Corps souple, et une fourrure d'une brillance…

– Oui, bon, dis-moi exactement ce qu'il se passait entre vous ?

– Que crois-tu qu'il puisse se passer entre une loutre et un lapin ? Je suis fou amoureux d'elle, c'est tout. Mais c'est bien pour ça que je veux la revoir. Parce que je veux continuer à la regarder et profiter de sa compagnie. C'est pas comme si je tombais amoureux d'une lapine et que je risquais de me retrouver père de famille à devoir nourrir huit gosses et une bonne femme qui ne me plaît plus…

Arsène ne dit rien. Il savait que Johnny venait d'une famille malheureuse. Il en parlait peu, mais ses parents étaient morts d'épuisement à force de faire des enfants qu'ils ne parvenaient plus à nourrir.

– La sœur d'une loutre disparue est venue se renseigner au *Sad Possum*…

– Au *Sad Possum* ? Impossible ! Bon sang, on l'aurait vue, Lottie, si elle s'était pointée là-bas ! C'est pas vraiment l'égalité des sexes, dans les bouges des Terriers Rouges. C'est Jeff qui t'a dit ça ?

– Oui, d'ailleurs il ne l'a pas vue non plus, ta Lottie.

Le gros lapin se gratta les oreilles, perplexe.

– Peut-être que c'est pas sa sœur ?

– Peut-être… Mais il n'empêche que ça serait un autre mystère : une loutre disparue qui avait ses habitudes au *Sad Possum*, alors que personne ne l'y a jamais vue ? Non, je pense que c'est bien elle. Tu connais mon intuition. Mais pourquoi Lottie a-t-elle parlé à sa sœur d'un endroit où elle n'a jamais mis les pieds ?

– Pour la rassurer ? Tu imagines la lettre, écrite à la lueur de la chandelle, « Chers parents, chère sœur, tout va bien en ville, je dîne tous les soirs dans un petit restaurant où j'ai mes habitudes, le *Sad Possum*... ».

– Excuse-moi Johnny, mais les loutres qui savent lire, et a fortiori écrire...

– À force de quoi ? En tout cas, elle, ça ne m'étonnerait pas. Elle est maligne.

– Mettons. Mais pourquoi choisirait-elle le nom d'un tripot pour rassurer ses parents ?

Le gros lapin se gratta l'oreille, cherchant en vain une réponse.

– En effet, tu as raison, Arsène.

– Il y a autre chose, mais c'est trop ténu pour en parler. Il va falloir que je retourne au Dôme.

Johnny sauta sur ses pattes arrière.

– Je t'accompagne !

– Non, la discrétion s'impose. Avec ta taille...

– Ma taille ? Tu fais presque la même, avec ton chapeau ridicule ! Je le connaissais pas, celui-là, d'ailleurs. Et avec le reste de ton accoutrement, pardon, mais la discrétion, c'est pas ton truc.

– Accoutrement ? Tous les gentlemen du Dôme sont habillés comme moi !

– Les *gentlemen*, Arsène, oui. Pas les *gentlelapins*. Parce que ça, ça n'existe pas.

Johnny tira sur les bretelles de sa salopette, et rejeta sa large tête en arrière pour rire aux éclats.

– Demain, midi. Je t'accompagne. Je ne veux rien entendre.

Le lendemain arriva bien trop rapidement au goût d'Arsène. Dès huit heures, son lit heurtait le mur au rythme des griffes de ragondin creusant on ne savait quoi, vu qu'ils semblaient déjà avoir creusé partout. Mais le travail avançait, il put le vérifier quand il sortit enfin, puisque rester au lit se révélait insupportable. La vie de tous les habitants était bouleversée et il dut écouter les lamentations de maintes familles avant de rejoindre la lumière du jour. Encore trop chaud. Demain, c'était décidé, il sortirait le canotier, au lieu de ce melon qui lui comprimait les oreilles.

Il se força à aller jusqu'au premier primeur venu pour acheter une botte de fanes de radis, contre ce qui lui sembla le prix d'une montre en or, ou presque, et s'assit pour manger. La mastication n'ayant pas immédiatement l'effet calmant ressenti la veille, il se demanda si cela ne fonctionnait qu'avec le pissenlit, ou s'il s'était déjà accoutumé aux bienfaits de la fraîcheur. Les fanes de radis étaient la nourriture préférée de sa mère, et ce qu'elle avait le plus apprécié lors de leur arrivée en Grande-Bretagne. En France, il fallait se comporter comme des lapins de ferme et se contenter de foin, de vieilles épluchures flétries et parfois de graines. Et pas le foin délicat que l'on pouvait acheter à Londinium, mais un foin dur comme de la paille, que même les vaches méprisaient et sur lequel elles urinaient.

Arsène détestait imaginer sa mère coincée dans cette ferme, dont il n'avait aucun souvenir, pour la bonne raison qu'il était né lors de l'arrivée de la famille à Paris, très exactement chez un maraîcher du faubourg Poissonnière, qui avait prévu de les engraisser tous pour les vendre au boucher du quartier. Heureusement, son père avait réussi à organiser leur évasion. Arsène se souvenait des nuits d'errance devant les vitrines éclairées débordant de nourriture aux couleurs si peu naturelles, et de mystérieux objets aux usages inconnus. Son père lui avait expliqué qu'à Londinium les animaux pouvaient revêtir telle chemise ou tel chapeau, à condition d'aller se les faire faire sur mesure chez des tailleurs pour animaux. Oui, à Londinium, il y avait même des tailleurs pour animaux. Arsène s'était juré qu'il profiterait de tout ce luxe dès qu'il le pourrait. Et quelques semaines plus tard, une fois les papiers d'immigration reçus, toute la famille avait trotté jusqu'à la gare du Nord et embarqué dans un train de marchandises direction Calais, puis sur le ferry pour Douvres. De là, ils avaient pris un autre train jusqu'à Londinium. Toute la famille, ou presque. Marie, la benjamine, avait disparu le jour du départ. On l'avait attendue jusqu'à la dernière minute, mais il avait fallu se résoudre à l'abandonner à son triste sort, par exemple finir dans une casserole sur la table de quelque bourgeois. On n'en avait plus jamais parlé, mais la mère d'Arsène avait redoublé d'attention pour lui, qui était désormais le cadet. Louise, l'aînée, ne pensait qu'à se marier. Madeleine semblait un brin demeurée. Henri avait hérité de leur père son prénom et son goût pour l'aventure, et il entraînait avec lui Albert et Paul. Arsène, lui, écoutait sa mère raconter des histoires de ferme, de coups de sabot, de grands-ducs planant au-dessus des granges et de renards intrépides au point que la vie en ville lui semblait douce et rassurante par rapport à l'enfer qu'elle décrivait. Maintenant qu'il était adulte, il se demandait si elle n'en avait pas rajouté pour le persuader – et se convaincre au passage – que l'exil avait été une bonne chose. Mais qu'est-ce qu'une lapine de la Beauce avait pu ressentir en arrivant à Londinium ? À part de la panique et de la fatigue ? Tout y était si beau, mais si cher. L'air était irrespirable. Même les boulevards parisiens prenaient des allures champêtres quand elle en parlait avec nostalgie. Mais il y avait tout de même à Londinium quelques parcs, dans lesquels elle trouvait un semblant de vie rurale. Il y avait surtout le père d'Arsène, qui avait l'air de s'épanouir, toujours dehors, vaquant à des occupations dont on ignorait tout mais qui rapportaient de plus en plus d'argent. Et avec l'argent, sa mère achetait de quoi oublier sa campagne, et enfin, un jour, ils avaient acquis un logement dans un calme faubourg. Et puis il y avait la liberté. La liberté de n'avoir pas fini un beau matin en cadavre, allongé sur un étal, et la liberté que Londinium offrait aux animaux.

Cette liberté, ils en avaient entendu parler, bien sûr, depuis Paris. Le monde entier bruissait de ce que Londinium offrait aux animaux, et c'était pour ça que l'immigration y était si difficile. Mais en entendre parler était une chose, le vivre, une autre. Tout à coup, la journée ne se passait plus à échapper à un prédateur. Les humains n'avaient pas le droit de vous manger. Le fait que la consommation de viande soit interdite dans la cité, même pour les animaux, freinait d'ailleurs les velléités d'immigration de certains prédateurs. Les humains ne pouvaient pas non plus vous mettre en cage, et le zoo avait été aboli. Seuls les animaux qui le décidaient vivaient asservis par les humains : chats et chiens avides de confort, leur seul travail se limitant à satisfaire les caprices de leurs maîtres ; furets soucieux de pouvoir exercer l'autorité et que l'on collait dans des guérites à l'entrée des parcs du Dôme ; ragondins, castors, rats musqués ou loutres nettoyant les bords des rivières, ou chevaux tirant les calèches. Tous ces animaux étaient rétribués en nature, galettes de protéines pour les carnivores et légumes frais pour les autres. Ou, dans de rares cas comme celui d'Arsène, en pièces d'orpur et d'orgent. Mais cela se passait de la main à la patte, de manière très officieuse. Enquêteur n'était pas un métier reconnu par la *Carta Maxima*, le document qui fixait depuis le début de l'Intégration les rapports entre humains et animaux.

Les animaux se toléraient mutuellement, avec quelques tensions inévitables entre espèces vouées à s'entre-dévorer, d'autant plus que certains carnivores ressentaient parfois violemment l'envie de chair fraîche. Il existait des médicaments pour cela, mais aussi l'exil, prévu par la *Carta Maxima* en cas d'abus. Or peu d'animaux étaient prêts à retourner vivre à l'état sauvage. Autour de Londinium, c'était déjà la jungle pour tout animal ayant vécu quelques heures de son existence sans se préoccuper d'être chassé, attrapé, maltraité. Alors, on se tenait à carreau. Arsène frissonna en y pensant : rien, jamais, ne le persuaderait de quitter Londinium. Bien entendu, si Paris vivait aussi une Intégration et que les animaux avaient enfin le droit de s'y promener librement, il serait le premier à embarquer à Douvres sur un ferry pour la France, sans billet de retour. Le souvenir des vitrines parisiennes, des terrasses de café, des chansons avec accordéon hantaient ses rêves – car il en avait le souvenir de l'enfance, qui est un souvenir à la fois vivace, comme si celui-là seul était un souvenir digne de ce nom, et en même temps si flou, si vague. Arsène revoyait des vitrines avenue de l'Opéra, mais il n'avait aucun souvenir de l'Opéra lui-même, dont Louise avait longtemps parlé les larmes aux yeux, elle qui rêvait de danser. Malheureusement, ni à Paris ni à Londinium les lapines ne montaient sur les planches de l'Opéra, et Louise avait fini par réaliser son autre rêve et se marier, avec un imbécile qui avait vite fait d'elle une mère de famille accomplie – et une étrangère aux yeux d'Arsène.

Johnny, lui, parlait parfois de retourner dans son Northumberland natal, mais c'était uniquement pour se motiver à travailler davantage, à gagner de l'argent, et surtout à ne pas le dilapider comme il avait tendance à le faire. Parce que le Northumberland était son souvenir d'enfance à lui : un souvenir noir de suie, un souvenir de paille desséchée volée à des chevaux, un souvenir des mamelles vides de sa mère face à tant de bouches à nourrir…

Johnny ! L'heure avait tourné et Arsène était toujours assis sur un remblai de terre. Finalement, les fanes de radis l'avaient emmené bien loin dans le passé. Trop loin ? Peut-être qu'il fallait vraiment s'en tenir aux pissenlits. Il se dressa sur ses pattes arrière, regarda à droite et à gauche les humains qui approchaient et bondit entre leurs jambes, en longeant le trottoir jusqu'à la prochaine horloge, sur le fronton de la gare de l'Ouest. Onze heures. Décidément, il n'était pas fait pour la journée. Le bruit des sabots surtout l'angoissait, il avait peur de se retrouver projeté sur la chaussée et de prendre un mauvais coup.

Johnny le rejoignit à l'heure au rendez-vous, vêtu de sa sempiternelle salopette. Arsène soupira : difficile de passer inaperçus sous le Dôme. Le géant des Flandres éclata encore de rire.

– Elle ne te plaît plus, ma salopette ? Allez, ils en ont vu d'autres, sous le Dôme. Sinon, il est temps qu'ils apprennent. Et tu n'as même pas apprécié le fait que je sois à l'heure, pour une fois. Alors que toi, tu étais encore en avance ! Je te rappelle que tu portes un chapeau rond, trop serré à mon avis, et une veste en… en quoi, juste ciel ? Attends, laisse-moi deviner…

Le lapin s'approcha d'Arsène, narines aux aguets.

– Hum… Mais qu'est-ce que c'est que ça ? Je me trompe ou tu portes une veste en peau de taupe ?

– Exactement. Et alors ? Elle m'a été léguée par mon père. C'est une redingote, d'ailleurs, pas une veste.

– Alors, imaginons que quelqu'un de malintentionné vienne à colporter qu'un lapin de ta stature se vêt de la peau d'un autre animal, même si c'est une *redinchose* léguée par son père…

Arsène eut une vision fugitive de lui-même en Hercule portant sur les épaules la dépouille du lion de Némée, mais il se dit que tout le monde à Londinium n'avait pas sa culture classique. Et aussi, qu'il n'avait lui-même pas fait de culture physique : il était bien loin de ressembler à Hercule, surtout à côté de son ami si musclé. Il soupira, rabattit les pans de sa redingote sur son gilet et essaya de suivre le rythme bondissant de Johnny jusqu'à la file d'entrée du Dôme.

5
The Black Crow

Une fois les formalités d'entrée sous le Dôme accomplies, Arsène jeta un coup d'œil à l'endroit où il avait vu le gamin en paletot de marin qui l'avait si attentivement observé. Il n'y était pas, bien sûr, mais Arsène insista pour que Johnny et lui s'arrêtent quelques minutes dans le coin. Puis ils décidèrent de faire le tour du square Mirmont, piétinant et reniflant auprès de chaque fontaine, de chaque minicascade arrosant des rochers en ciment, de chaque mare envasée, bref, dans chaque recoin où une loutre aurait pu élire domicile. Ils ne rencontrèrent que des canards, des poules d'eau et un rat musqué qui n'avait rien à faire là, mais leur demanda de garder le silence.

Ils ne tenaient pas à se faire remarquer en allant aborder le premier furet venu, alors ils décidèrent de laisser le rat musqué à ses méfaits, vol d'œufs ou de bois. L'après-midi était bien avancé quand ils approchèrent de l'église Saint-Maurice. Arsène était persuadé qu'il trouverait ici la famille de mendiants, et des informations.

Il n'avait pas tout à fait tort. Les parents et la fille étaient assis sur les marches, tête baissée. Mais pas de trace du gamin. Ils ne relevèrent pas la tête au passage des lapins, mais Arsène était sûr que leurs yeux perçants avaient remarqué leurs longues pattes. Ça ne servait à rien d'essayer de forcer la conversation. Il ne restait qu'à aller s'accouder au *Two Ducks*. Johnny le regarda commander sa boisson.

– Arsène, c'est pas un peu tôt pour une serpolette ?

– Non. Je suis complètement dévarié par ces creusements matinaux. Et je n'ai pas fumé la moindre pipe de lucernum aujourd'hui…

– Tu suis un programme de santé, ou j'ai raté une circulaire du ministère de l'Hygiène ?

– Tu as forcément raté une circulaire du ministère de l'Hygiène, vu la vitesse à laquelle elles sortent… Mais j'ai surtout le droit de faire un peu attention à moi sans que le *Londinium Times* en soit informé.

– Ça va, si on peut plus plaisanter… Au moins, le lucernum te détendait ! Tiens, à propos de *Times*, regarde le gamin qui vient de s'installer dehors pour vendre ses journaux, pourquoi il a pas son capuchon sur la tête ?

Arsène sauta de son tabouret puis se ravisa. Il tendit une pièce d'orcuivre à Johnny.

– Tiens, tu irais me chercher le journal ?

– Vas-y toi-même !

– Non, je crois que tu devrais y aller. Et ouvre l'œil, le bon !

C'était une boutade entre eux, la phrase que Johnny lui

adressait toujours, se moquant du monocle qu'Arsène ne portait que par coquetterie.

C'était bien le même gamin, il en était sûr. Il confondait souvent les humains, mais cette couleur de cheveux… Et puis il n'y avait jamais de hasard. Arsène observa le grand Johnny, debout sur ses pattes, en train de parlementer avec l'enfant. Cela prenait du temps, d'acheter un journal… Puis le gamin s'éloigna et Johnny rentra dans le pub, la mine sombre. Enfin, sombre pour Johnny, c'est-à-dire qu'il n'était pas hilare.

– Alors ?

– Alors, rien, j'ai acheté le journal. Ah, le prince Alexandre est en visite officielle à Paris. Pour une fois qu'il sort de son université. Je me demande ce que fait la reine, on ne la voit plus en ce moment ! Tiens, tu veux regarder les pages brunes ?

Et il donna un coup de coude discret à Arsène, qui se retint de poser davantage de questions.

– Bon, on y va ? Salut la compagnie !

Johnny jeta des pièces d'orcuivre sur le comptoir en direction de la cane toujours occupée à polir son zinc, et ils partirent en sifflotant.

Ils trottinèrent jusqu'à la sortie du Dôme. Arsène était un peu déçu de ne pas apercevoir la petite fille au chapeau de paille de l'avant-veille. Dès qu'ils eurent passé la guérite de sortie, Johnny accéléra le pas, Arsène dans sa foulée. Ils dévalèrent la colline sans se soucier de l'Élévateur, et Arsène comprit que son ami avait besoin d'exercice, ce qui lui arrivait quand il était contrarié. Lui-même n'était pas contre une petite course de temps en temps, mais regrettait le choix peu adapté de la redingote en peau de taupe. Quelle chaleur ! Enfin, ils arrivèrent en vue des Terriers Rouges.

– Bon, Johnny, il n'y a personne qui nous suit, tu me racontes ce que t'a dit le gamin ?

– J'ai besoin d'une serpolette pour parler calmement.

– On va au *Sad Possum* ?

– Non, on connaît trop de monde…

– Le *Red Hammer* ?

– Trop bruyant.

– Le *Sporting Club* ?

– Il y aura des oreilles indiscrètes.

– Bon, choisis, alors. On ne va quand même pas finir au *Blue Moon* !

– Non, ça, c'est sûr, pour que monsieur regarde toutes les filles qui y travaillent comme si elles étaient des criminelles…

– Techniquement, ce sont des criminelles. Article 28 de la *Carta Maxima*, les animaux ne sont pas autorisés à se livrer à…

– … à la prostitution, aux paris d'argent et aux feux d'artifice. Quelle blague ! Les feux d'artifice, je te jure ! Et tu prends l'article au sérieux !

– Je te rappelle que, quand la *Carta Maxima* a été rédigée, la moitié de Londres venait de brûler suite aux facéties d'une bande d'employés des abattoirs qui avaient voulu fêter l'anniversaire du roi avec quelques fusées…

– … et que c'est pour ranimer la ville et expier on ne sait trop quoi que l'Intégration a été décidée, et que la vie des animaux a été garantie. D'accord, nous devons tout à ces feux d'artifice. Que ça ne m'empêche pas d'en rire, et d'aller au bordel !

– C'est illégal, c'est tout.

– Parce que aller vendre des informations au ministère du Grand Intérieur, c'est légal, peut-être ?

– Disons que la *Carta Maxima* n'en fait pas mention. Bon, on va où ? Je commence à avoir soif.

– Là, ça ira très bien.

– *The Black Crow ?* Jamais vu avant. Tu connais ?

– Non, ça a l'air nouveau. Le « Corbeau noir », c'est moyennement tentant.

Ils poussèrent la lourde porte vitrée. Dans la pénombre, leurs yeux perçants distinguaient un comptoir en bois flambant neuf, un austère mobilier en métal et un opossum à peu près aussi joyeux que le mobilier.

– Nouveau, oui… Et pour être noir, c'est noir. On s'attend presque à les voir débarquer, les corbeaux.

– Qu'est-ce que je vous sers ?

Johnny s'accouda nonchalamment :

– Deux serpolettes !

L'opossum répondit sans lever la tête.

– Je ne sers pas de serpolette.

– Pardon ?

– Cela trouble l'esprit et rend les animaux ridicules.

– Mais vous servez quoi, alors ?

L'opossum marmonna.

– Sirop de pissenlit, jus de carotte, bouillon de laitue… Ce que vous voulez.

– Je veux une serpolette. Comme tout le monde.

– Comme tout le monde en dehors de mon établissement.

– Ça, c'est sûr, tout le monde est resté dehors… C'est vide, chez vous, avec votre prohibition !

– Alors, vous prenez quoi ? Vous êtes entrés, il faut consommer, c'est marqué là. Si vous savez lire.

Et le barman indiqua de son doigt crochu une pancarte « Entrer, c'est consommer » accrochée au-dessus du bar, à côté d'un tableau représentant une très vieille opossum assise dans un haut fauteuil devant une cheminée, bouche serrée, regard dur, sa mère probablement (« ou sa petite copine », glissa Johnny à Arsène en se hissant sur un tabouret).

Les deux lapins soupirèrent et commandèrent un jus de carotte. Johnny se tourna goguenard vers son voisin :

– Toi qui voulais t'occuper de ton corps… Tu ne risques pas l'overdose de vitamines ?

– C'est du déshydraté. Qu'est-ce que c'est que ce rade ?

Johnny hocha les épaules et se pencha vers son ami.

– Au moins, on connaît personne. Et je dois te parler tranquillement. Le gamin, c'était pas n'importe quel gamin…

Arsène l'interrompit.

– Il connaissait Lottie, c'est ça ?

– Comment tu le sais ? Tu es vraiment trop fort.

– Continue…

– Au moment où je tendais ma pièce, il m'a dit: «Elle avait un message pour toi.» Au passé! Je lui ai demandé si elle était vivante, il m'a répondu qu'il l'«espérait». Tu te rends compte? Il n'en est même pas sûr!

– Attends, comment tu sais qu'il s'agit de Lottie? «Elle», dans tout Londonium, ça fait du monde… Et même en ne comptant que les femelles dont tu es amoureux, il en reste encore pas mal!

– Je ne suis amoureux de personne d'autre. Et qui aurait intérêt à me faire passer des messages par un mendiant du Dôme, sinon une loutre qui a disparu par-là?

– Ça va, ça va. C'est quoi, le message?

– Un truc absolument incompréhensible. Une histoire de quatre tiers, d'une pierre, et d'un cube…

– Tu es sûr? C'étaient ses mots exacts?

– Non, je ne suis pas sûr, j'ai voulu qu'il répète, mais il était déjà parti. J'ai compris qu'il ne fallait pas attirer l'attention, surtout que j'aimais pas trop le furet qui buvait son jus d'ortie à côté de nous dans le pub.

– Oui, j'ai remarqué qu'il écoutait, mais les furets écoutent toujours ce qui ne les regarde pas…

– Arsène, je m'inquiète pour elle. Quatre tiers, des pierres qui forment un cube, moi, je vois une prison!

– Ah, et pourquoi elle n'aurait pas dit «prison», alors? Ce n'est pas secret, d'être en prison. Cela pourrait être n'importe quel bâtiment. Et ça n'explique pas cette histoire de tiers. Étrange.

Johnny fixait le verre d'Arsène comme s'il allait lire l'avenir dedans.

– Tu finis pas ton jus ? Je peux le prendre ?

– Vas-y, tu bois vraiment n'importe quoi, toi, hein ?

– Qu'est-ce que tu veux, faut remplir ma grande carcasse. Et le stress, ça me donne faim. D'ailleurs, j'irais bien manger.

Arsène lança les pièces d'orcuivre devant lui, mais l'opossum, raide derrière son comptoir, tressaillit :

– Monsieur, vous n'avez pas besoin de jeter l'argent comme s'il s'agissait de vulgaires cailloux. Il n'est pas sale, l'argent que je gagne à la sueur de mon front. Veuillez me le remettre de la patte à la patte, s'il vous plaît.

Arsène soupira à nouveau et obéit, surmontant sa répugnance envers les doigts griffus qui empochèrent ses pièces. Une fois dans la rue, ils éclatèrent de rire et se dirigèrent vers le *Sad Possum*.

D'une manière générale, Arsène n'aimait pas les opossums, mais il se sentit presque joyeux à la vue de Jeff qui tirait des pintes pour un groupe de castors installés au bar. C'était rare de rencontrer des castors, ils étaient encore peu nombreux à Londinium, le plus souvent des immigrés récents venus des États-Unis. Il réprima la légère nausée qui le prenait toujours à proximité de ces animaux qui sentaient un peu la vase. Après tout, c'était tellement agréable d'avoir ses habitudes dans un endroit où on vous accueillait dans la bonne humeur et avec de la serpolette, à défaut de décor élégant et de musique convenable, puisque cette fois c'était la voix légère de Blind Willie McTell qui s'échappait du juke-box. Encore un aveugle, semblait-il. Décidément, Arsène détestait ce blues américain qui envahissait la ville.

Johnny et lui s'installèrent à une table et commandèrent des panais farcis, la spécialité maison, qui était aussi le seul plat que l'on y servait. Jeff les achetait déjà préparés à la mère de Jasper, son voisin, qui était par ailleurs le tenancier du *Lampion d'or*. Lorsque l'opossum déposa entre eux le plat fumant, Johnny se lécha les babines.

– Bon sang, on est mieux chez toi que chez l'autre croque-mort, là !

L'opossum pencha la tête, les deux poings appuyés sur la table.

– Quel croque-mort ?

– Le type qui tient le *Black Crow*, tu connais ?

Jeff fronça ses petits yeux chafouins.

– Oui, je connais. Igor. Il a ouvert la semaine dernière. Il vient de quelque part en Europe de l'Est…

– Je suis sûr que c'est un vampire, il en a tout l'air.

– Personne n'en sait davantage. Il devait avoir une sacrée fortune pour acheter le bail et créer un bar de toutes pièces. C'était une buanderie, avant.

– En tout cas, il s'est pas ruiné en décoration.

– Non, on va dire que c'est pas un rigolo. Tu devrais lui faire écouter ta chanson, Arsène…

– Il n'y a pas de juke-box, chez lui. Pas de clients non plus, d'ailleurs.

– À propos de clients, que faisiez-vous dans un établissement concurrent ?

– T'inquiète, si c'est ça la concurrence, t'es tranquille pour un moment ! Allez, à la tienne, Jeff !

Et ils levèrent leurs pintes de serpolette.

Quand Jeff fut retourné derrière son comptoir, l'un des membres de la bande de castors se dressa, se déhancha un peu sur la musique, faisant rire ses congénères, et s'approcha de Johnny :

– Je peux m'asseoir une seconde ?

– Bien entendu.

Arsène retint sa respiration à cause de l'odeur, et le castor poursuivit, à voix plus basse :

– Faites comme si de rien n'était. Continuez à parler.

Et de nouveau à voix haute :

– Je voulais interroger des témoins directs… Alors, ça se passe comment, ces creusements dans les terriers ?

Pendant qu'Arsène répondait quelque chose sur les vibrations qui déréglaient les pendules, le castor continua en chuchotant vers Johnny :

– Message de Lottie pour vous, monsieur. « *Mélanos* ».

– Pardon ?

Le castor reprit d'une voix tonitruante :

– C'est bien ce qu'il me semblait ! Ils se sont débrouillés comme des chefs, les ragondins. Bon débarras ! Enfin, moi, je ne quitterais l'East River pour rien au monde. Merci pour les informations, lapin, et bonne soirée !

Il partit rejoindre ses comparses. Johnny arborait un air perplexe qui fit rire Arsène. Ce dernier enleva son monocle, le frotta délicatement, puis le remit en place, comme si ce geste marquait une phase de sa réflexion.

– Tu as compris ? *Mélanos* ?

– Oui, fichue maladie qui a emporté mon cousin. Il avait bondi sur un clou rouillé et… Quelle horreur ! Lottie a eu le mélanos !

– Non, aucun rapport, tu parles du tétanos. Mais c'est aussi un mot grec. Mélanos, ça veut dire noir, tout simplement. Je me demande pourquoi on te fait passer ce message. Des pierres, des cubes, le chiffre quatre, du noir…

– Tu crois qu'il faut mettre les messages ensemble ?

– Bien sûr, c'est un code. Elle doit avoir de bonnes raisons de protéger le message au maximum. Tout cela ne me dit rien qui vaille… Mais ta loutre est vivante, semble-t-il !

Arsène fut interrompu par un hurlement dans la rue. Un cri qui ne ressemblait à celui d'aucun animal connu. Les castors sautèrent d'un bond et glissèrent vers la sortie tandis que Jeff abandonnait son torchon pour les suivre. Arsène et Johnny se levèrent à leur tour. Sur la chaussée en terre battue, un rat musqué gisait au sol. Son corps était couvert de la poussière dans laquelle il avait roulé, ou vraisemblablement été jeté. Un filet de sang serpentait au niveau de sa gorge. L'un des castors s'agenouilla et lui prit le pouls, mais secoua négativement la tête. Arsène essaya d'enregistrer à la fois ce qui se passait autour de ce qu'il fallait qualifier de cadavre, et tous les détails de la scène. Le nuage de poussière au loin, à droite, qui devait cacher la fuite du criminel. L'échoppe du hérisson tailleur pour animaux, juste en face, dont la porte était fermée alors que le lapin était sûr que les deux battants étaient grands ouverts quand ils étaient arrivés, puisqu'il avait regardé à l'intérieur et constaté, amer, que le hérisson, qui depuis la veille était censé réparer sa redingote préférée, était à la place occupé à tailler du tissu neuf pour quelque costume. Dans la scène qu'Arsène essayait d'immortaliser, il y avait aussi un renard en train de se faire raser chez le barbier voisin, allongé comme si de rien n'était sur son fauteuil, les pieds en l'air et les moustaches pleines de savon, tandis que le blaireau propriétaire des lieux se tenait interdit sur le pas de la porte, son rasoir dégoulinant à la main.

Les passants s'agglutinaient autour du corps à terre, mais personne n'avait rien vu. Aux traces que le rat musqué portait sur le cou, il avait été attaqué par un renard, cela ne faisait pas l'ombre d'un doute. La même question était sur toutes les lèvres : pourquoi ? Arsène se demandait aussi pourquoi le rat n'avait rien senti. Difficile d'aller vérifier que le cadavre ne portait pas davantage l'odeur d'un renard que sa chère redingote, accrochée juste en face. De toute façon, les rats musqués puaient à plein nez, et c'était l'odeur de la victime qui dominerait. Mais Arsène n'avait pas besoin de cela pour confirmer ce qu'il pressentait : quelle qu'en soit la cause, les renards ne pouvaient plus être détectés par personne.

À ce moment-là, le client du barbier se leva de son siège,

essuya la mousse qui cachait son museau et vint se poster dans la rue, debout sur ses pattes arrière, face à l'attroupement. Son simple costume noir allongeait encore sa silhouette. Arsène ne put s'empêcher d'admirer la coupe des vêtements du renard – il fallait admettre que ces animaux comptaient parmi les plus élégants de Londinium – et sortit à son tour pour entendre ce que le carnassier allait dire. Il sursauta : sous l'odeur du savon à barbe, on discernait très clairement l'odeur du renard, cette odeur de terreur enfantine, cette odeur de menace éternelle pour les lapins qui n'avaient pas la chance de vivre à Londinium. Et aussi, depuis peu, pour ceux qui y vivaient. Oui, même Johnny se tenait sur ses gardes, et Arsène vit les narines des autres animaux frémir. Tous les renards n'étaient donc pas affectés par le changement. L'animal se mit à les haranguer :

– Il est mort, c'est ça ? Et alors ? Vous n'avez jamais vu un cadavre ? Pourquoi vous restez là comme des ahuris ? Que quelqu'un appelle un furet et qu'on débarrasse la chaussée de cet immonde rat...

Il vérifia d'un coup d'œil circulaire la réaction des animaux à sa provocation.

– Ce type n'avait probablement aucune activité notable. Il n'est pas vêtu, il pue. Personne ne le regrettera. Et j'aimerais bien qu'on arrête de colporter des rumeurs comme quoi c'est un renard qui l'aurait saigné. Moi, je ne sens rien quand je m'approche. Vous sentez le renard sur son cadavre, vous ? Je veux dire, en plus de la puanteur ? Et depuis quand les rats musqués laissent-ils les renards s'approcher d'eux ? Et depuis quand les renards se promènent-ils en trucidant le premier venu, si inutile soit-il à la société ?

Les animaux commençaient à chuchoter. C'est vrai qu'il n'y avait aucune preuve, pas d'odeur, c'était louche, et puis ces traces de dents… Pourquoi pas celles d'un furet, ou d'un chat, d'un animal qui aurait perdu la tête et…

Arsène ne dit rien. Il savait très bien, lui, que les renards pouvaient ne rien sentir. Et mordre. Il était affligé que les animaux soient capables si rapidement de changer d'avis en écoutant le premier venu. Certes, le renard en imposait dans son costume, balayant la poussière de sa longue queue fournie, mais tout de même ! Le lapin n'avait cependant pas intérêt à attirer l'attention. S'il voulait observer ce qui était en train de se passer dans les terriers, il valait mieux laisser les choses suivre leur cours. Il prit la patte de Johnny.

– Allez, on y va. On prévient le premier furet qu'on croise et on va faire un tour ailleurs.

Johnny le suivit en bondissant.

– Tu crois que ça peut être quoi ? Un furet ? Jamais un furet n'a attaqué à Londinium, sauf dans l'exercice de ses fonctions. Si le furet avait dû tuer un criminel, il aurait au moins attendu le légiste pour remplir sa fiche de légitime défense et gagner des points.

– Bien sûr. Et l'odeur d'un chat ou d'un chien ne serait pas passée inaperçue.

– Étrange, cette histoire d'odeur. Le pauvre rat, il n'a rien vu venir…

– Justement, il n'a rien senti car il n'y avait rien à sentir. Il se passe quelque chose, Johnny. Certains renards ne dégagent plus aucune odeur. C'est dangereux. Surtout s'ils se mettent à attaquer. Mais qu'est-ce qui peut bien se passer ? Et surtout, pourquoi ?

– Tu veux toujours qu'il y ait une raison à tout.

– Il y a toujours une raison à tout, Johnny.

– En tout cas, on n'a pas trouvé la raison de la disparition de Lottie. Allons à la *Boule Noire*, j'ai envie de me changer les idées et je sais qu'elle traînait dans le quartier. Elle n'avait même pas peur des humains. Et pourtant, si la fille qui est allée chez Jeff est bien sa sœur, ça signifie que Lottie débarquait de la campagne, elle aussi… J'aurais juré qu'elle était née en ville. Ce « raffinement », comme tu dis. J'y connais rien, mais elle portait des trucs comme toi, des dentelles et des machins. Et elle ne sentait pas le fruit de mer, elle. Ni ce truc à la mode, là, que tu détestes et que portent toutes les filles du *Blue Moon*. Comment ça s'appelle, déjà ? *Honolulu Beach ? Aloha Sunrise ?* Non ! *Hawaii Paradise…*

– Serpolet d'enfer, ce que tu peux être bavard, parfois… mais parfois seulement ! Tu ne pouvais pas me le dire avant, tout ça ?

– Quoi ? Le nom du parfum qu'elle ne porte pas ? Ça t'intéresse ?

– Mais non, voyons, que Lottie traînait dans le quartier. Ou qu'elle portait tous ces vêtements distinctifs.

– J'y ai pas pensé, c'était évident pour moi.

Arsène commençait à trouver que cette loutre était assez extraordinaire. Il n'était pas sûr que son ami soit capable de distinguer une dentelle d'une couverture en laine, bien qu'il semblât désormais incollable en parfums. Et pourtant, il n'avait jamais fait mention de l'odeur d'une femelle auparavant… Soit Johnny changeait, soit Arsène le connaissait moins que ce qu'il croyait. Soit Johnny était sacrément amoureux. Ou les trois à la fois, car, après tout, c'était lié.

6
Fenêtre sur cour

Devant la *Boule Noire*, l'ambiance d'un samedi soir battait son plein. Les calèches, les automobiles et même des bicyclettes déposaient des jeunes gens bruyants aux chapeaux lustrés, avec des boucles dessinées au fer, des souliers vernis, des satins brillants, des bijoux étincelants, des dents blanches sous les lèvres rougies au fard, des moustaches conquérantes dressées vers le ciel étoilé. Arsène se désola que le « B » de l'enseigne n'ait toujours pas été réparé, mais cela ne semblait affecter que lui. Quelques animaux aimant l'animation ou en quête d'un menu larcin erraient alentour, se faufilant entre les jambes gainées de bas de soie et les pantalons de flanelle.

Les deux lapins s'installèrent sous le banc qu'Arsène affectionnait. Au-dessus d'eux, un énième couple entrelacé dans un nuage d'*Hawaii Paradise*. Derrière le zinc, le patron, Sally et le jeune serveur s'affairaient, sourire aux lèvres. Une soirée comme les autres, en somme. Mais, pour Arsène, rien n'était jamais semblable aux autres soirs. Aussi, quand il vit le gérant disparaître par la porte de derrière, il entraîna Johnny avec lui.

Au début, tout était en effet identique à la dernière fois : le gérant à l'air soucieux dans sa cour vide, la voiture qui approchait, l'enveloppe tendue. Mais Johnny prit ensuite le véhicule en filature. Aucun véhicule dans Londinium ne pouvait rouler à une vitesse supérieure à celle du géant des Flandres une fois qu'il était lancé. Arsène, pendant ce temps, se glissa derrière une poubelle afin d'éviter de rencontrer des renards en goguette. Il attendit là suffisamment longtemps pour entendre une famille de souris qui vivait dans le soubassement de la *Boule Noire*. Il aperçut enfin une patte, puis une seconde, puis la tête d'un souriceau qui émergeait. Il se fit le plus plat possible pour ne pas effrayer l'animal, mais son chapeau, à moins que ce ne fût son odeur de taupe, suffit à faire repartir ce dernier illico. Quelques secondes plus tard, une autre patte faisait une tentative, puis une autre, et enfin un souriceau plus grand que le premier sortit et se planta devant Arsène :

– Que voulez-vous ?

– Je ne sais pas… Et vous ?

– Moi, je veux savoir ce qu'un lapin fait devant chez nous.

Arsène resta sagement assis plutôt que de se redresser, prêt à s'enfuir, comme l'instinct le lui commandait dans ce genre de situation.

– C'est chez vous ? Ça fait longtemps que vous habitez là ?

– Oui, pourquoi ?

– Je ne sais pas, ça doit être bruyant comme endroit !

– Plutôt, oui. Mes parents sont épuisés. Surtout depuis quelque temps…

– Pourquoi ça ?

Le souriceau regarda le lapin, son monocle, ses vêtements. Il avait encore trop parlé…

– Pour rien. Oubliez. Que faites-vous ici ?

– Écoutez, si vous m'en dites plus sur ce qui se passe dans la *Boule Noire*, je peux peut-être vous être utile…

– Ah ! Et comment ? J'aimerais voir ça, un lapin, nous être utile !

– Je ne sais pas, ça dépend à quel point ce qui se passe ici peut m'intéresser.

– Ça, ça dépend de ce que vous pouvez faire pour nous.

– Vous êtes malin, je vois. Vous irez loin. Disons que je peux vous aider à déménager, peut-être ?

– Où exactement ?

– Ça, ça dépend de ce qui se passe ici…

– Si c'est pour nous envoyer dans les galeries inférieures, non merci, il paraît que c'est infernal avec les ragondins qui creusent. Et c'est plein de couloirs à rats.

– De nouveaux logements vont être construits et on aura besoin de gardiens, de commerces… Je peux vous obtenir une loge, ou une échoppe.

Le souriceau fit semblant d'hésiter, puis se frotta le menton.

– Bien… Disons que vivre dans un lieu mythique n'est pas de tout repos. Déjà, il y a le trafic du gérant. Un soir, des hommes sont venus après la fermeture. Avec des cravates trop larges, des vestes à carreaux trop grands, des chaussures trop cirées. Ma mère nous a interdit de regarder, ça lui faisait trop peur, mais il y a longtemps qu'on ne l'écoute plus. Les types ont un peu secoué le patron : au début ils lui parlaient gentiment, puis ils ont fini par sortir un revolver. Et ils lui ont expliqué que, s'il ne payait pas régulièrement, le revolver, c'était pour lui. Ou pour sa femme. Ou pour sa fille. Ils n'avaient pas encore décidé. Le patron, lui, il s'est décidé tout de suite, et il les paie chaque soir à la fin du service, une enveloppe qu'il remet à une voiture qui stationne dans la rue…

– Je vois…

– Une loge, ce serait bien, mais dans les galeries supérieures, ça me permettrait de vous raconter aussi ce qu'il se passe la nuit dans la *Boule Noire*.

Arsène sourit.

– Pourquoi pas ? Vous êtes débrouillard, jeune homme.

– C'est que j'en vois, des choses étranges, ici… Quand le gérant a baissé le rideau, s'est lavé les mains en soupirant et a remis sa mèche devant le miroir, comme il fait tous les soirs, peut-être pour aller voir sa femme et sa fille dont il épargne la vie en donnant de l'argent aux sales types, ou peut-être pas, il éteint tout et il quitte les lieux. Environ une heure après, ça commence à arriver par la porte que vous voyez là, où il y a une planche cassée. Loutres, rats musqués, blaireaux, lapins, souris… Des tas de mammifères, et aucun prédateur. Et ça parlemente dans le noir. Seulement, je ne sais pas exactement de quoi, parce que je ne m'approche pas : tous ensemble, ils ont l'odorat légèrement plus développé que le gérant et les autres types. Évidemment, moyennant un logement adapté à une famille de douze, je pourrais prendre quelques risques...

– Évidemment. Mettons que je revienne demain dans la nuit, alors ?

– Et comme garantie ? Vous n'allez pas partir comme ça ?

Arsène réfléchit. Le souriceau avait raison.

– Écoutez, je vous laisse une pièce d'orgent. Si vous n'avez pas d'autres informations, nous serons quittes. Sinon, vous me rendez la pièce et je m'occupe du logement. D'accord ?

– D'accord... Mais, attendez, pourquoi vous vous intéressez à la *Boule Noire* ?

– Je ne le sais pas moi-même. Mais si vous tenez à votre huit pièces sur cour, je vous conseille de ne pas vous poser la question à ma place, d'accord ?

Le souriceau grimaça puis retourna sous le vibrant plancher de la *Boule Noire*.

Arsène repartit se poster sous le banc, en évitant soigneusement le coin où il avait rencontré les renards. Il dut supporter les discussions énamourées d'un nouveau couple. Peut-être que le séjour régulier sous ce banc avait fini par avoir raison de la conception que le lapin avait de l'amour... Cela aurait découragé n'importe qui : dans des effluves d'*Hawaii Paradise* (et Arsène se demandait parfois comment les jeunes hommes distinguaient les filles qu'ils embrassaient, tant le parfum masquait toutes les autres odeurs), les amoureux se tenaient des propos toujours identiques. Ils étaient persuadés que personne avant eux n'avait aimé, que personne ne pourrait aimer autant, que personne ne les aimait autant. Ils parlaient de la vie dont ils rêvaient, et Arsène entendait bien qu'ils ne rêvaient pas de la même chose. Ainsi, cette fille parlait d'une maison dont elle imaginait déjà la couleur des rideaux, alors que son compagnon parlait de sa carrière, de vivre à l'étranger… Et pourtant, ils croyaient tous qu'ils voulaient la même vie, et qu'il leur fallait pour cela se marier le plus vite possible. En général, les parents n'étaient pas d'accord, ou il leur manquait de l'argent ou toute autre raison qui faisait qu'à un moment la fille se mettait à pleurer et le garçon la consolait ou le contraire, et ils recommençaient à s'embrasser.

Arsène était perdu dans ces pensées et dans la contemplation des semelles en caoutchouc du jeune homme – il était désormais interdit de tanner du cuir à Londinium – quand Johnny se glissa sous le banc, essoufflé. Arsène chuchota :

– Raconte !

– Incroyable. Je suis épuisé. La voiture s'est arrêtée derrière tous les bars et restaurants de la Briqueterie. À chaque fois, un type sort avec une enveloppe et la donne au conducteur. J'ai aperçu son visage dans le rétroviseur, ou plutôt j'ai aperçu le chapeau qui masque son visage, rien de plus. Et il a un compère assis à côté, même chapeau. Sauf que le compère tient en plus un revolver et range les enveloppes à l'intérieur de sa veste, au fur et à mesure.

– Et ensuite ?

– Ensuite… La voiture s'est rendue au parking du ministère de l'Hygiène. Je n'ai pas osé entrer sous le rideau mécanique, j'avais peur de me retrouver coincé en bas. J'ai attendu un moment à la sortie piétonne de Cathedral Street, mais ils ne sont jamais réapparus. Soit ils traficotent dans le parking, soit… Soit je ne sais pas.

– Soit ils se rendent vraiment au ministère de l'Hygiène !

– Tu plaisantes ?

– Logique, non ? C'est du racket. J'ai discuté avec un souriceau. Ils prélèvent donc de l'argent sur les revenus des bars et des restaurants du quartier. Pourquoi cet argent n'irait pas directement au ministère ?

– Le ministère n'a pas besoin d'argent ! Le Grand Chambellan a encore augmenté le budget…

– Oui, des millions. Mais on parle d'un budget, et tu sais combien le ministère de l'Or est tatillon depuis que c'est Lord Stapleton qui gère. Il y a bien des frais officieux qui ne peuvent pas figurer dans le budget.

– Tu veux dire, comme quand on paie un lapin à faire des choses illégales ?

– Des choses non déclarées, plutôt.

– La corruption finira par emporter ce pays, c'est écœurant…

– À propos de corruption, j'ai dû proposer un logement à une famille de souris en échange d'informations… On va revenir demain, donc on ferait mieux d'aller se coucher.

– Parle pour toi, tu vas aller t'abrutir au lucernum, oui ! Je vais faire un tour au *Blue Moon* pour essayer de me changer les idées en écoutant chanter des criminelles, comme tu dis. Bonne nuit, Arsène.

– Bonne nuit, à demain.

Le géant détala pendant qu'Arsène remettait son chapeau en place et trottait d'un pas régulier jusque dans les galeries inférieures. Une fois chez lui, il procéda à sa toilette en réfléchissant à toutes les péripéties de la journée. Il avait beau passer énormément de temps à nettoyer son pelage – le noir et le blanc étaient deux couleurs également salissantes en ville, et la poussière rendait Arsène presque uniformément gris là où ses vêtements ne le protégeaient pas –, cela ne suffisait pas pour venir à bout des mystères qui s'accumulaient.

Il savoura sa première pipe de lucernum de la journée et c'est au milieu des volutes de fumée, à force de se répéter les mots « Johnny », « quatre », « tiers », « pierres », « cube », et *mélanos*, qu'il comprit ce que Lottie avait voulu dire. Il sauta d'un bond de son fauteuil puis se rassit, car il n'avait personne avec qui partager son enthousiasme. Cette histoire de pierres l'avait induit en erreur ! Il s'agissait bien sûr de la formule utilisée pour calculer le volume d'une sphère, quatre tiers de pi multipliés par le rayon au cube. Et *mélanos*, noir en grec, parce que la sphère était simplement une boule... la *Boule Noire* ! La loutre avait fait passer un message incompréhensible pour la plupart des animaux, mais aussi pour Johnny. Elle voulait probablement s'assurer que le lapin ferait appel à Arsène. Johnny lui avait rapporté qu'il avait parlé de lui à sa nouvelle amie. Il en avait sûrement trop dit et raconté à Lottie qu'Arsène vendait des informations au ministère... Cela expliquait pourquoi elle souhaitait son intervention. Il s'agissait vraisemblablement d'autre chose que d'une simple disparition, avec des messages codés en guise de cailloux blancs pour que l'on retrouve sa trace. La *Boule Noire* était vraiment le lieu central de toutes ces histoires. Est-ce qu'il y avait un lien entre le racket du ministère de l'Hygiène et les réunions nocturnes de mammifères ? Arsène en saurait plus le lendemain, grâce au souriceau. Et il y avait les gamins du Dôme, un mystère non éclairci. Et les renards. Et, dès l'aube, les ragondins qui creuseraient, même si cela n'avait plus rien de mystérieux. Arsène se mit au lit, refusant de regarder l'heure sur la montre Cartier.

7
La Tonkinoise a disparu

C'était le troisième matin depuis le début du creusement des ragondins et Arsène ne se réveilla qu'à midi, alors que les vrombissements semblaient s'emballer de plus belle. Le lapin s'étonna une fois de plus de sa propre capacité à s'habituer au changement. Il n'y avait pas à dire : les animaux s'adaptaient à tout, et ils le faisaient plus vite que les humains. Ce n'était pas une question de différence de nature, mais de rythme. Après tout, ils n'étaient tous que des animaux. Mais les humains s'étaient un jour levés sur leurs pattes arrière et avaient décidé d'utiliser des outils et la parole. Puis ils avaient décidé que tout cela était si merveilleux qu'il ne servait à rien de continuer à évoluer, sinon pour inventer des choses comme l'acier ou la philosophie. Les autres animaux en étaient à un stade différent, c'était sûr, mais ils pouvaient rapidement rattraper les humains. C'est fort de cette observation qu'Arsène jugeait bon de ne pas se reposer sur ses lauriers : si l'on n'y prenait pas garde, les animaux non humains finiraient eux aussi par stagner. Et les lapins ne pourraient jamais porter de belles paires de chaussures comme celles qui traînaient dans le placard d'Arsène.

Il se servit un bol de pissenlit séché. Bientôt, le contremaître sifflerait la fin des travaux pour la journée, et Arsène pourrait tranquillement préparer sa soirée aux abords de la *Boule Noire*. Mais, pendant qu'il relisait le deuxième chapitre du *Tractatus* de Wittgenstein, le bruit s'intensifia encore au lieu de s'arrêter jusqu'au lendemain. Il décida de s'habiller pour aller voir ce qu'il se passait, plutôt que de se ridiculiser une nouvelle fois en peignoir. Avec la chaleur qui semblait s'installer, une option estivale était envisageable. Dans sa penderie, un costume trois pièces en seersucker blanc à fines rayures tabac lui faisait de l'œil, mais il se dit que des tonalités claires risquaient d'attirer l'attention. Il choisit un simple ensemble de lin mastic et une cravate en soie bleu canard pour relever l'ensemble, farfouilla pour trouver son canotier adoré, le posa en équilibre sur ses oreilles et fila dans les galeries.

Tout y vibrait toujours aussi fort, mais personne ne semblait se plaindre du dépassement des horaires légaux. Cela faisait peut-être une bonne heure maintenant que le bruit aurait dû cesser. Arsène s'approcha d'une musaraigne occupée à étayer son mur à l'aide de brindilles.

– Excusez-moi, madame, que se passe-t-il ?

– Je consolide mon mur, lapin.

Le cerveau des musaraignes était d'ordinaire de la taille d'une graine de courge, mais, à la sortie de l'hiver, c'était carrément de la taille d'une graine de lin. En effet, comme si leur cerveau n'était pas assez minuscule, les musaraignes avaient le pouvoir de le réduire d'un cinquième avant de somnoler tout l'hiver. Difficile de mener des conversations dans ce contexte. Arsène resta patient.

– Oui, je vois, mais les vibrations…

– Creusement de ragondins, lapin. Vous pouvez m'aider à tenir cette brindille en place pendant que je colmate ?

Arsène soupira, remonta sa manche de costume en espérant que le lin ne se froisserait pas trop, et tendit la patte pour attraper la brindille, pendant que la petite musaraigne transportait de la terre avec ses minuscules griffes. Il répondit :

– Oui, je sais, mais les horaires ne sont pas respectés… Tout le monde trouve ça normal ? Vraiment, les habitants des terriers s'habituent à tout, c'est incroyable. On pourrait leur faire n'importe quoi et ils ne broncheraient pas !

– Les horaires ? Ça dure pendant quatre heures tous les matins, hein, et ça vient de commencer il y a une heure au maximum. Vous sortez d'où, lapin ?

– Mais quelle heure est-il ?

– Je ne sais pas, allez voir à l'horloge centrale ! Je ne suis pas une montre, moi… Je rêve ! Alors que ma maison s'effondre…

Arsène lâcha la brindille et partit en courant, tandis que la musaraigne poussait de petits cris. Horloge et montre, ces mots combinés éveillaient un doute terrible, un doute vite confirmé par les deux aiguilles de l'horloge centrale, inflexibles comme deux épées dans le crâne fatigué du lapin, deux aiguilles qui semblaient lui hurler qu'il n'était que neuf heures. Qu'il s'était donc réveillé comme les autres jours à huit heures, au premier percement de ragondin. Que cette stupide montre Cartier s'était arrêtée à minuit parce qu'il avait oublié de la remonter la veille. Qu'il avait bêtement cru que c'était midi. Qu'il ne s'adaptait à rien du tout, et que Darwin n'aurait pas été fier de lui, lui qui avait énoncé que seuls les animaux les plus adaptés à leur milieu de vie ou à l'évolution de celui-ci survivaient.

Mais que faire ? Il était habillé maintenant, et il aurait été un peu absurde de retourner se coucher. Il décida d'en profiter pour se rendre au ministère. Firmin serait déçu qu'il n'ait rien à vendre, mais Arsène pourrait lui parler des renards et de l'attaque dont il avait été témoin la veille, et évoquer la possibilité d'obtenir bientôt un logement pour une famille de souris…

Le lapin passa entre les guérites d'entrée en se disant que son canotier ne faisait pas bien sérieux pour un rendez-vous d'affaires. Mais, après tout, qui savait qu'il venait pour affaires ? Il se posta devant les hortensias et sifflota. *«J'ai deux amours, mon pays et Paris…»* Il éternua à cause du pollen puis continua : *« Par eux toujours, mon cœur est ravi… »* Il en était à *« Quand sur la rive parfois, au lointain j'aperçois… »* et toujours pas la moindre note de *La petite Tonkinoise* en retour. Firmin était peut-être en réunion ? Il contourna l'immeuble par-derrière, pour se distraire. Il remarqua que de nouvelles guérites avaient été installées, tenues par des furets. Les bâtiments officiels n'étaient pourtant jamais gardés par des animaux. Il se demanda ce que les soldats en faction sur la rue principale pensaient de cela. Il y avait toujours des jalousies quand les animaux s'emparaient de fonctions réservées aux humains, et il fallait rédiger de nouvelles circulaires pour le justifier et y trouver des contreparties. Arsène brûlait d'envie de demander à un furet depuis quand et pourquoi cette partie était gardée, mais il se rappela que Firmin lui enjoignait toujours d'être le plus discret possible. Au moins, le Français ne lui demandait jamais de ne pas porter de chapeau comme ceci ou comme cela, ou d'abandonner son monocle. Il faut dire que Firmin arborait des costumes encore plus étudiés que ceux d'Arsène, et dans des teintes que le lapin lui-même trouvait à la limite de l'exubérance. Il lui devait bien d'obéir à ses injonctions.

Arsène se posta à nouveau dans ses hortensias et recommença à siffler. Paris… Cela faisait si longtemps, et plusieurs choses l'attiraient là-bas. D'abord les vitrines, qu'il évoquait parfois en rêvant avec Firmin, car le jeune homme était arrivé il y a peu et ses souvenirs étaient plus frais que ceux du lapin. Puis les disques, car tous ceux qu'Arsène trouvait à Londinium étaient en anglais et trop rythmés à son goût. Et enfin, Marie. Il était peu probable que sa sœur soit encore en vie, mais au moins pourrait-il recueillir des informations sur sa fin, et clore ce triste chapitre. Faire son deuil, comme on disait chez les humains. Voilà un sentiment auquel il aurait été merveilleux de ne pas s'être adapté : la douleur de perdre les êtres aimés. Arsène avait pu constater que ses parents eux-mêmes n'avaient pas été affectés plus que cela par la disparition de Marie. La mort d'une lapine était une chose banale. Après tout, plusieurs de ses frères et sœurs n'avaient pas vécu plus de quelques jours ou semaines. Mais Arsène avait grandi parmi les stucs dorés d'une capitale, puis d'une autre, et il avait connu les émotions associées... On ne pouvait pas accéder au raffinement d'une paire de boutons de manchette sans découvrir aussi la douleur et la peine. C'était finalement ce que disait la Bible avec cette histoire de paradis et de fruit défendu. Une fois Adam et Ève soumis à la loi du péché, ils ne supportaient plus la honte d'être nus et devaient vite se vêtir, au moins d'une feuille de vigne. Arsène voulait davantage qu'une feuille de vigne : il voulait toute la panoplie des humains. Et il avait beau essayer d'ingérer la philosophie qui allait avec leurs vêtements et leur mode de vie, ça ne suffisait pas toujours à compenser.

Pour l'instant, pas de Paris et pas de Firmin. Arsène n'allait pas rester toute la journée à éternuer dans un massif d'hortensias et il décida de tenter une nouvelle visite le lendemain. En attendant, il pouvait toujours aller chercher des carottes fraîches. Johnny lui avait donné envie, la veille, pourtant Arsène n'avait pas avalé de carotte depuis qu'il avait quitté le terrier familial. Encore une question d'évolution. Arsène détestait de manière générale tout ce qui était censé rappeler le lapin des histoires pour enfants ou des caricatures. Il s'était ainsi privé de carottes depuis plusieurs années. Mais la carotte évoquait tout de même l'innocence de l'enfance et les bons souvenirs qui allaient avec. Cela lui permettrait d'affronter cette journée qui commençait bien mal.

Il s'approcha du Marché Central à la recherche d'un primeur. Il trouva les lieux encore plus animés qu'à l'accoutumée – enfin, de ce qu'il en savait, car il n'était venu que rarement à une heure aussi matinale, même si depuis deux jours ça commençait à ressembler à une habitude. Derrière chaque étal, un commerçant criait, vantant les mérites de ses crustacés ou de ses salades. Et devant, des ménagères s'entretuaient ou presque. Il suffisait que l'une d'entre elles ait repéré le homard qu'elle voulait ce jour-là et toutes les autres voulaient le même, immédiatement. Les commerçants en profitaient parfois pour faire monter les enchères, une pratique qui se répandait. D'autant plus que les crustacés devenaient rares : au moment de l'Intégration, la *Carta Maxima* ne s'était préoccupée que de protéger les mammifères et les oiseaux ; les reptiles étaient déjà moins bien lotis, car ils étaient rares en ville, hormis les batraciens des faubourgs ; les invertébrés, eux, étaient totalement ignorés. Ils ne risquaient pas de venir se plaindre. C'était déjà assez complexe de communiquer entre humains et animaux, peu d'entre eux ayant réussi à acquérir la parole. Et puis c'était suffisamment compliqué de remplacer l'alimentation carnée des prédateurs, on ne pouvait pas aussi suppléer aux besoins en protéines des nombreux animaux du fleuve. Le conseil royal était resté inflexible. Les crustacés étaient d'autant plus convoités qu'ils entraient dans la fabrication des galettes de protéines distribuées aux carnivores et, bien sûr, les humains privés de viande et de poisson en raffolaient, ainsi que des œufs ou des produits laitiers, dont la *Carta Maxima* exigeait qu'ils proviennent d'animaux élevés en plein air et dans de bonnes conditions, dans des pâturages éloignés de Londinium, comme si la distance rendait les choses moins graves. Heureusement, Arsène était le seul à vouloir faire l'acquisition d'une carotte. Il faut dire que trente pièces d'orcuivre pour une des longues tiges orange, si craquantes qu'elles fussent, c'était du vol. Il s'installa là où il put trouver un peu d'ombre : il faisait déjà si chaud, et les odeurs du marché, à peine supportables pour lui en temps normal, étaient encore accentuées. Il grignota sa carotte le plus lentement possible pour la faire durer, quand un brouhaha au loin s'intensifia. Il se dressa sur ses pattes et tendit le cou. Ce n'était plus l'agitation régulière du marché, mais un vrai attroupement, près de la Porte Sud.

Quelqu'un criait et Arsène comprit qu'il s'agissait encore d'un prédicateur. Sa petite taille lui permit de se faufiler entre les jambes et les paniers, pour apercevoir un grand homme maigre, différent de celui qu'il avait vu quelques jours plus tôt sous le Dôme mais proclamant à peu près les mêmes menaces. Les animaux allaient prendre le pouvoir, si ça continuait. De sa voix chevrotante, l'homme en appelait à la reine. Elle seule était en mesure de les remettre à leur place… Il ne critiquait pas directement le Grand Chambellan, car des furets espionnaient tout, mais c'était ce que cela voulait dire.

Soudain, l'attroupement se déplaça vers la Porte Verte et Arsène suivit le mouvement. Il n'en crut pas ses yeux. Là, sur une caisse à savon, un renard se tenait debout et haranguait la foule. Jamais auparavant on n'avait vu un animal prêcher. Le furet de garde, dans sa guérite à l'entrée du marché, contemplait la scène d'un air goguenard, au lieu d'arriver en courant.

Le renard, nu comme au premier jour, tendait la patte vers le ciel de manière particulièrement dramatique.

– La pression monte ! Nous sommes de plus en plus nombreux, mais les humains n'en tiennent pas compte ! Partout dans les terriers, la surpopulation guette ! Et les animaux du fleuve font tout ce qu'ils veulent : les rats musqués ont fait tripler les prix de ce marché avec leurs taxes exorbitantes, les ragondins quittent les berges pour envahir les galeries inférieures… On sacrifie musaraignes, lapins ou souris à leur confort. Seuls les opossums s'en sortent encore, en exploitant le malheur des autres pour faire prospérer leurs lieux de perdition. Il faut de nouvelles lois ! Le Grand Chambellan doit agir !

Arsène était stupéfait. Non seulement les animaux se mettaient à prêcher en public, mais ils commençaient à se tirer dans les pattes ? La rivalité était compréhensible, compte tenu des circonstances de leur cohabitation. Mais, justement, c'était une obsession des humains que d'éviter la moindre tension. La vie à Londinium n'était possible qu'au prix de cette attention minutieuse à l'équilibre entre les espèces humaines et animales, et les espèces animales entre elles. Seulement, ces derniers temps, on aurait dit que le ministère de l'Hygiène décidait d'une chose, le ministère des Échanges d'une autre, et celui du Grand Intérieur d'encore une autre… Il était vrai que le Grand Chambellan ne faisait plus respecter sa volonté au sein du conseil des ministres. Pourquoi donc laissait-il se développer une telle cacophonie ?

Arsène regrettait de n'avoir pu obtenir d'informations de la part de Firmin qui était toujours parfaitement renseigné – le jeune homme aimait la vérité et l'argent autant que lui, et c'était pour cela qu'ils travaillaient si bien de concert. Et tout cela se produisait bien entendu en l'absence de la reine ! Mais, pour que la reine intervienne, encore fallait-il qu'elle soit au courant… Or elle ne se promenait pas sur les marchés, elle. Pas plus que le Grand Chambellan, d'ailleurs. Tout cela était très inquiétant.

Le lapin termina tristement sa carotte, observant ceux qui écoutaient le renard. À peu près tous les types d'animaux, mais aussi quelques humains qui passaient par là. Ils avaient la même réaction qu'Arsène et cherchaient d'abord du regard le furet de service, puis, voyant que ce dernier ne bronchait pas, ils écoutaient ce que le renard avait à raconter. Arsène trouva que le tout produisait une impression désastreuse. Avec ça, si les humains ne finissaient pas par tous réagir contre les animaux, comme les prédicateurs… À se demander si ce n'était pas le but recherché.

Il décida d'aller voir sa mère. Cela faisait plusieurs semaines déjà… Peut-être que c'était la nostalgie réveillée par la carotte, ou peut-être le besoin d'échapper à l'ambiance angoissante de la ville en pleine ébullition. En tout cas, quelque chose le poussait vers le faubourg où la vieille lapine avait trouvé refuge après la mort du père d'Arsène, dans un clapier de brique. Sa mère refusait de vivre dans un terrier : elle n'avait jamais habité sous terre, étant née à la ferme. Elle considérait les terriers comme la case départ qu'avaient quittée ses ancêtres : pas question d'y retourner. Elle n'avait jamais visité le logement de son fils préféré et attendait qu'il vienne la voir, plus ou moins régulièrement – plutôt moins, ces derniers temps. Il n'avait rien à perdre à tenter une petite promenade.

8
Albert

Arsène embarqua sur le Quai des Farines, où des rats musqués pesaient les sacs débarqués des péniches, importés du sud du pays. Le lapin eut beau faire attention, il macula son costume de la fine poudre blanche qui jonchait les quais et passa le reste de la traversée à frotter vigoureusement le tissu pour s'en débarrasser. On était toujours en ville, mais l'air changeait, légèrement plus iodé alors que l'on se rapprochait de la mer et que les fumées se raréfiaient.

Quelques dizaines de minutes plus tard, il sautait sur le débarcadère de Willowburn. Ici, tout était comme avant. Du moins en apparence. De jeunes loutrons folâtraient dans les roseaux, des crapauds, absents des eaux polluées du centre, assuraient l'ambiance sonore. Comme chaque fois, Arsène se dit qu'il devrait venir plus souvent. Comme chaque fois, il penserait exactement le contraire quelques heures plus tard. Déjà, il fallait éviter les traces de boue sur son costume. D'ailleurs, personne ne portait de costume ici, et les vêtements mêmes étaient rares. Ensuite, il fallait saluer des dizaines d'animaux âgés qui tous l'avaient connu plus jeune et le trouvaient changé. Mais c'était tous les jours qu'Arsène s'efforçait de changer, luttant pour son évolution : il était presque vexé que l'on en soit surpris. Surtout que ces vieux ne le complimentaient jamais sur ses vêtements ou ses manières. Ils ne s'intéressaient qu'à la taille de ses poils et de ses oreilles. Comme s'ils n'avaient pas changé, eux... Et puis, Arsène ressentait chaque fois une certaine appréhension : est-ce que sa mère serait toujours en vie ? Il accélérait alors pour la dernière centaine de mètres, comme s'il devait soudainement la sauver d'une mort certaine. Et il trouvait toujours la lapine confortablement installée devant son clapier. Elle lui faisait alors remarquer que son costume était maculé de farine, lui rappelait la date exacte de sa dernière visite et le temps écoulé depuis.

C'est pourquoi, en approchant, il fut surpris que personne ne l'interpelle. Il devait y avoir un rassemblement d'anciens quelque part. Aucun d'entre eux ne prenait le soleil printanier devant sa porte. Cependant, il était encore tôt et il n'était jamais venu dans les faubourgs avant midi : peut-être que tout cela était habituel. Il fut plus inquiet en ne voyant pas sa mère devant son clapier. C'était sûr, elle était morte et personne n'avait su comment le prévenir. Son cœur s'accéléra et il bénit sa consommation régulière de lucernum car n'importe quel lapin normalement constitué aurait risqué l'arrêt cardiaque face à tant d'émotions, juste après une longue course. Il s'approcha du clapier en espérant que sa mère ne venait pas de mourir à l'instant et que ce n'était pas lui qui découvrirait le corps. Cela ne lui était encore jamais arrivé, mais il craignait d'avoir davantage une réaction d'humain que de lapin. Il fit un bond d'un bon mètre lorsque la porte s'ouvrit d'un coup.

– Entre ! Dépêche-toi !

Sa mère, bien vivante, le tira par la patte et referma la grille du clapier derrière lui.

– Maman ? Mais qu'est-ce que vous faites ici ?

– Comment ça ? Je suis encore chez moi ici, que je sache ! C'est plutôt à toi qu'il faut poser la question ! Exactement deux mois et vingt-six jours depuis ta dernière visite. Et tu ne veux pas arrêter de me vouvoyer, s'il te plaît ?

– C'est plus élégant. Maman, vous savez bien que le temps passe plus vite dans le centre. Mais pourquoi êtes-vous enfermée ? Où sont les autres ?

– Tu n'es pas au courant ? Non, bien entendu, tu n'es pas au courant… Les gens du centre ne se préoccupent absolument pas de ce qui peut arriver dans les faubourgs. Eh bien, figurez-vous que dans les faubourgs les lapins meurent, monsieur !

– Maman, les lapins meurent partout.

– Oui, mais pas comme ça ! C'était affreux… atroce… Tout ce sang !

– Mais qui ? Comment ?

Sa mère pleura un peu puis s'assit et fixa le sol de terre battue comme si elle y revoyait la terrible scène.

– Tu te souviens de June ?

– La fille de vos amis têtes de lion ? Becky et Max, c'est ça ?

– Oui. La jolie June, avec ses poils ondulant autour de son museau… Eh bien, ils n'onduleront plus, je peux te le dire.

Arsène se souvenait de la lapine, jolie en effet, avec qui sa mère avait prévu qu'il vive un jour. Cette dernière recommença à sangloter.

– Ils n'onduleront plus, ses poils, parce qu'elle a été assassinée… Oui, assassinée au petit matin.

– Comment ça ? Par qui ?

– Par un renard, Arsène ! Un renard ! Dans Londinium… Après des années de non-agression !

– Vous êtes sûrs que c'était un renard ?

– Tu crois que je ne sais pas reconnaître une morsure de renard ? Becky m'a appelée, dévastée. C'était affreux, Arsène, June gisait là, sur le sol de leur cour, inerte, avec du sang partout et ces horribles traces de dents… Il l'a tuée pour le plaisir, comme ça. Et le pire, c'est que le furet qui a pratiqué l'autopsie a refusé d'enregistrer « morsure de renard » comme cause du décès. Il a prétendu que ça ne sentait pas le renard. Comme si ça pouvait être autre chose ! Comme dit Max, s'ils envoient des furets enrhumés pour faire les autopsies, on ne va pas s'en sortir.

– Et ça sentait ?

– Non, ça ne sentait pas, c'est vrai. Mais je te jure que c'était un renard. Arsène, tu dois me croire, je sais reconnaître une morsure de renard entre mille. Rappelle-toi que j'ai grandi à la campagne. Dans la misère, dans le danger et…

– Calmez-vous, maman, je sais. Et je vous crois.

– Alors depuis, on s'enferme. Cela fait trois jours que je n'arrive pas à dormir. Je suis dans un état… J'ai beau boulotter de la verveine fraîche, rien n'y fait. Au moindre bruit, je tressaille. Il va revenir, c'est sûr. Dis, mon fils, tu ne peux pas enquêter ? Tu as bien des amis dans les ministères ?

– Oui, mais il se passe quelque chose de plus général, maman, et de plus grave.

– Plus grave qu'un renard qui a saigné un lapin ? Dans quel monde vis-tu, mon chéri ? Oh ! Je sais, un monde de perdition, dans lequel les lapins se bourrent de lucernum et passent leur temps dans des bouges tenus par des opossums, plutôt que de rendre visite à leur vieille mère…

– Ça va, maman. Écoutez, dès que j'ai du nouveau, je viendrai vous prévenir.

– Dans deux mois et vingt-six jours, tu veux dire ?

– Je prends cela très au sérieux. En attendant, c'est peut-être un peu excessif de rester tous enfermés, non ? Il n'y a eu qu'un seul décès.

– Qu'un seul décès ? C'est comme ça que tu parlerais si c'était ta pauvre mère que le renard avait saignée ? Tu ne comprends pas, Arsène…

– Bon, je n'ai rien dit. Cédez à la panique… Mais c'est dommage !

– Heureusement, Albert, lui, n'a pas réagi comme ça !

Arsène se figea sur le pas de la porte et revint en arrière. Il s'assit lentement au côté de la vieille lapine. Chaque fois, elle lui faisait le coup. Dès qu'il ne se comportait pas ainsi qu'elle le souhaitait, elle mentionnait son frère. Exactement comme un magicien sortait un lapin d'un chapeau.

Et Arsène détestait entendre parler de son frère. Albert et lui étaient de la même portée. Ils avaient le même pelage à motifs noir et blanc. La même taille d'oreilles. Et presque le même prénom. Et comme souvent dans ces cas-là, ils avaient pris des trajectoires bien différentes. Son frère vivait tranquillement dans le quartier voisin alors qu'Arsène poussait le vice à habiter de l'autre côté de Londinium. Si encore il était parti à l'étranger, comme Henri et Paul qui avaient choisi l'Amérique latine, il y avait bien longtemps, la lapine aurait pu comprendre… Mais Arsène était si près, et si loin à la fois! Comme ses sœurs Louise et Madeleine avant lui, Albert s'était marié. Avec Jessie, une lapine issue d'une famille nombreuse pour laquelle Arsène avait le plus grand mépris. Ils étaient maintenant parents de huit lapereaux, le maximum autorisé à Londinium. Huit petits qui faisaient le bonheur de leur grand-mère, alors qu'Arsène – eh bien, Arsène n'avait pas le moindre enfant. Il avait toujours été hors de question pour lui de vivre avec June ou n'importe quelle autre lapine, pas plus d'ailleurs qu'avec un lapin ou un tamanoir. Arsène était un être profondément solitaire. Albert, lui, était sociable et casanier. Il s'était parfaitement adapté aux horaires humains et ne sortait jamais dans la journée. Et sa famille, élevée dans la terreur d'une éventuelle confrontation avec d'autres espèces, vivait comme lui. Albert faisait tout comme il le fallait pour plaire à sa mère, et cette dernière ne manquait pas de le rappeler à tout le monde, et à Arsène en premier lieu. Pourtant, Arsène savait très bien qu'il avait toujours été le favori. Et qu'Albert le détestait pour cela. Arsène en retour le méprisait pour tout. C'était difficile de mépriser son propre frère et il s'en voulait parfois. Et il en voulait à Albert de lui faire s'en vouloir… C'était sans fin.

Pendant ce temps, sa mère continuait : oui, Albert, lui, était venu la réconforter le lendemain de la mort de June. Il avait immédiatement consolidé la grille et doublé celle de son propre clapier familial. Il avait instauré un couvre-feu dans sa maisonnée. Il essayait de mettre en place une milice d'autodéfense entre lapins. Et il mangeait des légumes frais, et il ne portait pas de vêtements ridicules, et, et…

– Arrêtez, maman ! Je sais qu'il est parfait. Mais je ne suis pas Albert, et je ne suis pas d'accord avec lui. Ce n'est pas en multipliant les initiatives défensives qu'on va maintenir la paix… Et franchement, vous croyez qu'un renard sera impressionné par une milice de lapins ?

– En tout cas, ça me rassure. Bon, continue de n'en faire qu'à ta tête, mais renseigne-toi, au moins. Et reviens avant l'hiver…

– Promis. En attendant, prenez un peu le soleil, avant qu'il ne fasse trop chaud.

La vieille lapine lui jeta un dernier regard noir et se barricada à nouveau. Arsène s'éloigna en soupirant. Il rêvait d'une pipe de lucernum pour oublier tout cela. Mais il faisait tellement chaud, il n'avait pas le courage de rentrer jusque chez lui. Il embarqua vers les Terriers Rouges.

9
Volutes bleues et Terriers Rouges

Quand sa péniche accosta, le Quai des Orfèvres bruissait. Une loutre se plaignait des débarquements incessants de cargaisons en dehors des horaires prescrits par le ministère des Échanges. Un rat musqué lui tenait tête, faisant probablement valoir une nouvelle circulaire. Autour, les uns et les autres prenaient parti. Tout le monde, d'une manière générale, râlait.

Arsène erra un moment parmi les petites boutiques installées là dans la journée, où les animaux qui le souhaitaient pouvaient se procurer toutes sortes d'objets précieux et de bijoux. Peu d'animaux en avaient les moyens ou même l'envie. C'étaient surtout des habitants du Dôme qui venaient se fournir ici : ils avaient des salaires conséquents et l'occasion de porter bagues ou montres. C'était sa montre, justement, qu'Arsène cherchait auprès des revendeurs. À défaut, il regarda les prix d'un gousset neuf et faillit s'évanouir. Trois pièces d'orpur, alors qu'il n'en avait déboursé qu'une seule quelques saisons auparavant. Jamais il ne pourrait se permettre de racheter une montre s'il ne se mettait pas à gagner beaucoup d'argent. Il fallait que Firmin revienne.

Quand il arriva dans le quartier des fumeries, il était suffisamment énervé pour être tenté de se jeter dans la première échoppe venue. Mais il savait qu'il ne fallait pas consommer de mauvais lucernum, sous peine de mal de tête le lendemain. Il marcha un moment avant de parvenir au *Lampion d'or*. Il put remarquer que le quartier était en effet très animé, et que toutes sortes d'animaux du fleuve se pressaient dans les établissements de plaisir, comme on disait pudiquement pour désigner ce qui n'était rien d'autre que des bordels plus ou moins clandestins, avec plus ou moins de chanteuses ou de comédiennes pour masquer la finalité de l'endroit. Il y avait en effet la queue au *Blue Moon*, chez Marcel. Arsène avait assez étudié l'histoire pour savoir que chez les humains, quand on tenait tant à se distraire, c'était souvent parce que ça n'allait pas fort.

Le *Lampion d'or* avait été ouvert par Jasper, un opossum rêvant de Paris, lui aussi, et qu'Arsène trouvait moins pénible que Marcel. D'abord, il ne prétendait pas être français. Ensuite, il aimait vraiment la chanson française, et quand il voyait entrer Arsène, il n'hésitait pas à passer des classiques, pas uniquement Maurice Chevalier. Ce chanteur exaspérait le lapin, pour une raison qu'il n'osait pas s'avouer : Chevalier, lui, portait parfaitement le canotier, alors que faire tenir un chapeau plat sur deux longues oreilles… Le décor du *Lampion d'or* était inspiré par les fumeries d'opium chinoises, que Jasper, pas plus qu'Arsène d'ailleurs, n'avait jamais vues – des boiseries laquées rouge et or, des lanternes et des lampions dorés, des canapés tendus de soie.

Arsène s'allongea et Jasper vint lui-même le saluer, portant un plateau sur lequel trônait une pipe déjà préparée. Arsène aimait ce cérémonial, qui lui donnait l'impression de consommer des drogues dangereuses, alors que le lucernum ne restait après tout qu'un mélange d'herbes, dont les effets se dissipaient rapidement et sans jamais donner lieu à autre chose qu'à d'agréables rêveries, ou à une acuité accrue dans la réflexion, selon le résultat que l'on voulait obtenir. Arsène avait besoin de réfléchir, mais il avait aussi un besoin urgent de se détendre face à toutes ces menaces qui semblaient désormais planer sur Londinium. Il alluma la pipe à l'aide d'un morceau d'amadouvier incandescent, des volutes bleues s'élevèrent dans les airs, et il reposa la tête sur le coussin. Peu à peu, les cris et crocs des renards s'éloignèrent. Peu à peu, le calme revenait dans les terriers et les ragondins n'avaient jamais existé. Peu à peu, les roux remettaient leurs capuchons, la température se rafraîchissait, les prix baissaient, surtout ceux des montres, la mère d'Arsène admettait qu'Albert était un imbécile, Johnny retrouvait Lottie… Le corps du lapin se détendit dans un sommeil artificiel.

Cependant, le sort semblait s'acharner pour empêcher Arsène de se reposer. Alors que même ses rêves s'effilochaient, nuages bleutés dont il n'aurait plus le souvenir au réveil, un renard poussa la porte du *Lampion d'or* et s'adressa d'une forte voix saccadée à Jasper, qui était retourné faire ses comptes à son bureau. Arsène eut juste le temps de remettre son monocle, mais le renard ne prêtait pas attention à lui. Il était penché au-dessus du patron.

– Vous en avez ?

Jasper ne s'émut pas et continua d'écrire. Il répondit d'une voix calme :

– De quoi voulez-vous parler, cher monsieur ? Et surtout, pouvez-vous en parler moins fort ? Mes clients se reposent…

Cela n'eut aucun effet sur le niveau sonore du renard.

– Le sérum !

– Quel sérum ?

– Vous le savez très bien ! Le sérum au nom imprononçable, le conitium, le conicillium…

– Je ne vends que le meilleur lucernum, monsieur.

Le renard s'approcha encore de Jasper. Sa haute silhouette dominait celle de l'opossum toujours assis derrière sa table en acajou. De là où il était, Arsène pouvait sentir son effluve, plus entêtant encore que la fumée de lucernum. Celui-là puait bien le renard.

– Arrêtez de faire le malin, opossum. Vous savez bien de quoi je parle. La drogue qui fait fureur chez les renards.

– Je vous assure que je ne sais pas de quoi vous parlez. Et quand bien même, je ne vends pas de drogue. Juste de la détente.

Le renard avait attrapé le col du veston de l'opossum.

– C'est ça… Si vous voulez rester détendu, va falloir vous renseigner et me procurer du sérum. Je repasserai…

Et il tourna les talons, le panache de sa queue semblant signer une menace dans l'air enfumé.

Arsène s'approcha de Jasper qui soupirait et s'assit face à lui.

– Qu'est-ce qu'il cherchait ? Tu es au courant ?

L'opossum vérifia que les autres clients étaient endormis et chuchota :

– En fait, oui… Depuis quelques jours, on en parle dans les terriers. On ne sait pas qui l'a mis sur le marché ni ce que c'est, mais un sérum circule, qui fait des ravages. Il désinhibe les renards. Dès qu'ils en consomment, ils deviennent agressifs. Et surtout…

– Oui ?

– Surtout, le plus étrange, c'est qu'ils perdent leur odeur. On ne peut plus les sentir approcher. Et ça, ça leur plaît beaucoup, aux renards. Ce n'est pas le premier qui vient demander, j'en ai déjà eu un hier. Dans le même état, sauf qu'il proposait une pièce d'or. Ce qui signifie que c'est ça, le tarif. Une pièce d'or, tu te rends compte ? Aucun de mes collègues n'en vend, évidemment. Ni dans les fumeries, ni dans les cabarets, ni dans les bars. Mais ça me fait peur… Si c'est à ce prix-là, certains ne vont pas résister, ils réussiront à s'en procurer et à en revendre. Et ce sera un carnage dans les terriers !

Arsène regretta que cette information eût raison, en quelques secondes, de tous les bénéfices procurés par la pipe de lucernum. Il se sentait à nouveau paniqué par l'évolution de la situation. Il décida de le prendre comme un avertissement. Il était temps d'agir au lieu d'attendre que les informations tombent. D'autant plus qu'elles ne tombaient jamais là où il les attendait. Et qu'il détestait être en proie à la panique. C'était bon pour les petites vieilles et les Albert en tout genre. Il paya sa pipe, remercia Jasper et lui souhaita bonne chance.

Dehors, la chaleur était intolérable. Vivement que les ragondins aient fini leurs travaux et qu'il puisse profiter de quelques heures de fraîcheur supplémentaire bien à l'abri dans son terrier, car les journées lui semblaient d'un coup très longues. Il hésita, puis se résigna à enlever sa veste et à la porter sur l'épaule. On aurait tout vu ! Il passa chez Jeff vérifier que Johnny ne s'y trouvait pas, mais il n'y avait que des ragondins, probablement en train de discuter des plans de leurs futurs terriers et de la pertinence ou non d'installer un accès à l'eau ou une évacuation directe…

Enfin, il poussa la porte du tailleur. Le hérisson arriva de l'arrière-boutique, des épingles coincées dans les babines.

– Ah ! Vous voilà…

– Oui, me voilà. Vous pourriez me dire ce que vous avez fait de ma redingote ?

Du coin de l'œil, Arsène observait à travers la porte vitrée ce qu'il se passait de l'autre côté de la rue, au sinistre *Black Crow*.

– Eh bien… Je la soigne particulièrement, votre redingote !

– Et la réparer, vous pourriez ?

– Doucement, lapin… Je vous ai dit que je la soignais. Cela prend du temps, bien entendu. Et si on me presse, je travaille mal…

– D'accord, cela fait déjà trois jours. Vous pouvez au moins me montrer où vous en êtes ?

– C'est-à-dire que…

De l'autre côté de la rue, un renard s'approchait du bar et Arsène voulait continuer à observer la scène. Il fallait inventer quelque chose.

– Je sais, vous n'avez même pas commencé à la recoudre. Je ne suis pas idiot. Je vous laisse encore deux jours. Mais j'ai oublié mon billet pour les joutes dans la poche, si vous pouviez aller me la chercher ?

– D'accord, d'accord…

Et le hérisson repartit en trottinant dans l'arrière-boutique, pendant qu'Arsène épiait le renard à l'intérieur du *Black Crow*. L'animal parlementa avec l'opossum lugubre près du comptoir puis sortit d'un pas rapide, regardant furtivement à droite et à gauche. La rue était vide. Le renard ouvrit alors une petite fiole cachée dans sa main et la porta à sa bouche. Puis il s'éloigna en ricanant, du moins c'est ce qu'imagina Arsène en suivant sa silhouette du regard.

Le lapin fit mine de fourrager dans la poche de sa redingote que lui tendait le hérisson.

– J'aurais pourtant juré l'avoir laissé là, ce billet… Eh bien, tant pis !

– Vous allez aux joutes ce soir ? Ça promet… Au moins

deux ans qu'il n'y a pas eu des équipes pareilles ! Vous avez de la chance d'avoir un billet, retrouvez-le !

– Oui, oui, c'est ça. Bon courage, et à dans deux jours !

Arsène avait jusque-là tout oublié des joutes qui allaient avoir lieu sur l'East River. S'il trouvait Johnny d'ici là, il faudrait qu'ils essaient d'y assister. En attendant, il décida qu'il serait utile d'observer le *Black Crow* un peu plus longtemps. Il sortit et pénétra immédiatement dans la boutique voisine, celle du barbier.

Le blaireau était très surpris de le voir. Il était rare que les lapins se préoccupent de leur pilosité. Ils étaient tellement maniaques qu'ils ne confiaient leur pelage à personne. Arsène surmonta sa répugnance.

– Bonjour… Vous me feriez un petit nettoyage ?

– Vous voulez dire, une coupe ?

– Non, non, un simple nettoyage suffira.

Le blaireau n'en croyait pas ses oreilles : un lapin qui ne se lavait pas seul ? Mais le barbier avait besoin de pièces d'orcuivre, comme tout le monde. Il passa une serviette autour du cou d'Arsène et voulut le faire asseoir dos à la vitrine. Arsène désigna le fauteuil d'en face :

– Je préférerais ce fauteuil, si vous n'y voyez pas d'inconvénient.

– C'est drôle, vous êtes le second aujourd'hui à exiger ce fauteuil ! Vous aussi, vous aimez profiter de la vue ?

– Ha ha, oui, voilà… Un autre client partage mes goûts ?

– Oui, un castor. Il voulait être assis exactement là. Et lui aussi n'a demandé qu'un nettoyage !

Arsène avait bien senti, avec étonnement, qu'un castor avait fréquenté les lieux. Ce qui le répugnait presque autant que le savon dont le blaireau enduisait généreusement ses moustaches. Pourquoi donc certains animaux acceptaient de tels traitements ? Il lui faudrait des heures de nettoyage pour se débarrasser de l'odeur de savon. Mais il ne perdait pas son temps : un autre renard venait d'entrer au *Black Crow* et y faisait visiblement la même chose que le premier. Et voilà qu'il apprenait qu'un castor s'était montré intéressé par ce manège. Il demanda d'un air détaché :

– C'est nouveau, ce bar, en face ?

– Oui, il vient d'ouvrir. C'est un type de l'Est, je crois. Très courageux de s'installer ici, sans connaître personne…

Arsène marmonna à travers le savon qui recouvrait maintenant ses narines :

– Et ça marche bien ?

Le blaireau continuait à savonner.

– Entre nous, moyennement… Il a surtout une clientèle de renards. Mais l'ambiance est tellement, comment dire, pas très joyeuse, qu'ils ressortent presque immédiatement !

– Je vois.

De l'autre côté de la rue, le renard portait le contenu d'une fiole à sa bouche. Arsène éternua et projeta du savon partout.

– Ce n'est rien, monsieur, vous n'êtes pas habitué… C'est presque fini. Je vous rince, voilà… Vous voulez que je vous frise les moustaches ?

Arsène avait déjà bondi. Friser les moustaches ! Et puis quoi encore ! Il n'allait pas finir comme cet atroce détective belge au nom de légume dont Johnny lisait avidement les aventures… Comment s'appelait-il déjà ? Hercule Laitue ? Hercule Panais ?

– Non, ça ira, merci. Bon après-midi !

Il donna au blaireau une pièce d'orcuivre puis sortit dans la rue, empruntant la direction dans laquelle était parti le renard. Il aperçut vite sa silhouette nonchalante et se rapprocha suffisamment pour vérifier que l'animal ne dégageait aucune odeur. Rien. C'était impressionnant. Il resta à une bonne distance, observant le renard provoquer d'un mot ou d'un geste tous les animaux qu'il rencontrait. Il fit ainsi mine de mordre une cane qui s'éloigna en se dandinant à grand bruit, puis se pencha, menaçant, vers un ragondin qui partit en courant.

Le renard se dirigeait vers la rivière. Là, les animaux étaient en train de se rassembler pour les joutes et ils portaient qui une écharpe bleue, qui une échappe rouge pour soutenir leur équipe. Arsène continuait de suivre la haute silhouette qui se distinguait parmi les rats musqués, les loutres ou les ragondins. Ils manifestaient tous leur surprise une fois qu'ils percevaient la présence du renard. Et ce dernier continuait ses provocations. Arsène se doutait que cela se terminerait mal, mais il ne pouvait affronter seul un renard. Il eut une brève pensée pour Albert et sa milice de lapins… Comment donc comptaient-ils se défendre ?

Enfin, le renard s'arrêta près d'une famille de loutres en train de s'installer sur un gradin. Il attrapa le plus jeune membre de la fratrie par la patte. La mère hurla et les autres petits se réfugièrent derrière elle. Le père se mit debout sur ses pattes arrière.

– Ne lui faites pas de mal, voyons !

– Voyons quoi ? Et pourquoi pas ? Les renards sont des carnassiers…

– Nous sommes à Londinium !

– Et alors ?

Et, dans un geste qui resterait à jamais gravé dans la mémoire des spectateurs et dans la chair du jeune loutron, le renard se courba, porta la petite patte à sa gueule et en arracha littéralement un morceau. Le jeune hurla, la mère s'évanouit. Le père ne savait que faire. Arsène s'approcha. Il fallait bien trouver un autre moyen d'intervenir, un moyen que son couard de frère ne connaissait pas. Il fallait au moins parler.

– Excusez-moi, renard… Mais pourquoi faites-vous une chose pareille ? Je veux dire, je comprends que vous ayez mordu cette loutre, mais pourquoi avez-vous avalé le sérum qui vous en a donné l'envie ?

Le renard le dévisagea, stupéfait. Pendant ce temps, la foule s'était approchée et entourait le jeune loutron qui saignait abondamment, et une vieille loutre tentait de lui faire un garrot. Ils étaient suffisamment nombreux et Arsène savait que le renard, même drogué, n'oserait pas attaquer.

– Je vais te dire un truc, lapin… Je ne sais pas comment

tu es au courant, pour le sérum, mais c'est la meilleure chose que j'aie bue depuis des lustres. Ça réveille l'instinct, tu comprends ? L'instinct des renards, étouffé depuis si longtemps par cette ville idiote. L'instinct qui fait de nous des chasseurs et pas des êtres soumis aux caprices de tous ces peuples de l'eau, dont nous ne faisons qu'une bouchée dans la nature…

– Londinium, ce n'est pas la nature, justement. Vous pouvez aller chasser n'importe où à la campagne, loin de cette ville idiote, comme vous dites.

Les dents du renard luisaient maintenant dans le soleil de fin d'après-midi.

– Mais je ne veux pas vivre à la campagne, moi ! Je suis très bien en ville. C'est Londinium qui doit changer ! Maintenant, tu as peut-être besoin que je te précise ce qu'il y a dans ce sérum… Une substance qui nous est interdite et dont pourtant nous nous nourrissons depuis la nuit des temps… Une substance qui réveille en nous la soif du sang de petits mammifères poilus… Tu connais le nom de ce sérum, lapin, toi qui sais tant de choses ?

Arsène restait silencieux et le plus près possible des autres animaux qui tentaient pourtant de s'écarter. Heureusement, la foule d'avant-match était compacte. Il se demandait ce que le furet en faction fabriquait au lieu de lui venir en aide.

– Ce sérum, lapin, s'appelle du *coniglium*. Vu ton déguisement, là, je parie que tu as fait du latin ou du grec, ou je ne sais pas quoi. Ça t'évoque quoi, le *coniglium* ? Le lapin, n'est-ce pas… Eh oui, ce sérum est composé essentiellement de sang de lapin, tout simplement. Quelle idée de génie !

Arsène peinait à respirer et desserra un peu le nœud de sa cravate.

– En effet… Et c'est qui, le génie ?

– Ah ça, je ne sais pas ! Et si je le savais, je ne te le dirais pas. Gare à toi, lapin ! Les temps vont devenir durs pour ton espèce. Ha ha !

Et le renard s'éloigna en ricanant, faisant mine d'attaquer à droite ou à gauche.

Arsène se tourna vers les loutres. Le jeune était faible mais l'hémorragie semblait contenue. Le père s'approcha de lui :

– Vous lui avez sauvé la vie, lapin. Si je peux faire quoi que ce soit pour vous remercier de votre courage…

Arsène n'était pas sûr d'avoir sauvé la vie du loutron, il était plutôt persuadé que le renard n'avait fait ça que pour s'amuser, et que c'en était peut-être même plus inquiétant, mais il ne laissait jamais passer une occasion d'obtenir quelque chose.

– Eh bien, oui, pourquoi pas ? Si vous avez deux places pour la joute de ce soir, je suis partant.

– Je vais voir ce que je peux faire. Attendez-moi ici.

10
West Side Blues et Red Killers

Quelques heures plus tard, Arsène et Johnny étaient confortablement installés dans les meilleurs gradins du Quai des Sports. Là, l'East River faisait un coude dans lequel un bassin permettait à tous les animaux de jouer, ou depuis quelques années de pratiquer des sports empruntés aux humains. À l'origine, toutes les rivières de Londinium n'en étaient qu'une seule, la Tamise. Mais, depuis l'Intégration, on avait remanié son cours avec l'aide de tous les animaux du fleuve, créant des embranchements, des lits secondaires, des bassins et des canaux, pour plus de rentabilité et d'organisation. Certains quais étaient réservés au logement, d'autres aux loisirs, d'autres aux transports et au commerce. Deux fois par an, sur le Quai des Sports, avait lieu la grande confrontation des joutes, le derby entre les West Side Blues et les Red Killers. Deux équipes de huit loutres s'affrontaient, en poussant chacune un tronc sur lequel la loutre la plus légère, appelée la *master*, se tenait en équilibre sur ses pattes arrière. Il fallait simplement cogner le tronc de l'adversaire et faire tomber son *master* à l'eau. Mais les loutres étaient si agiles que l'exercice pouvait durer des heures. Le gagnant remportait un trophée empli de coquillages, que l'équipe dévorait à même le podium, sous les hourras de ses supporters et les sifflements des vaincus. Le micro et les commentaires étaient confiés à un vieux ragondin expérimenté, qui soufflait et criait.

– Cela fait trois saisons qu'il est le meilleur pousseur des Killers ! Jim Otter, alias Big Jim, est entré dans l'eau ! Et là, à gauche, voici la nouvelle recrue des Blues, Trevor Dunce, «The Kid» ! Va-t-il se montrer à la hauteur d'une des plus excitantes affiches que l'East River ait connues depuis longtemps ?

Le public se composait d'animaux du fleuve, bien entendu, mais aussi de toutes sortes d'autres espèces. Les joutes attiraient les spectateurs sans distinction sociale. Seule leur hauteur dans les gradins rappelait qu'il y avait une différence entre les prédateurs – renards, furets, quelques chats errants – et les proies, et qu'il y avait aussi une différence entre les plus intégrés, vêtus et assis, et les plus sauvages, nus et pattes repliées. Parmi les intégrés, on pouvait encore distinguer les riches détenteurs de jumelles, monocles et autres bijoux (Arsène eut un pincement au cœur en voyant un furet sortir une petite montre à gousset en argent) et ceux qui ne portaient qu'un simple vêtement de toile grossière. Grâce à la loutre qui leur avait procuré des billets, Arsène et Johnny étaient très bien placés. Arsène ne pouvait s'empêcher, entre deux poussées autour des troncs dans l'eau frémissante, d'observer ce qui se passait sur les gradins. Tout semblait normal. Johnny était absorbé par le spectacle. Il avait bien dévisagé l'ensemble des loutres présentes dans les gradins à son arrivée, mais il se doutait que ce n'était pas là qu'il retrouverait Lottie et il s'était concentré sur le plaisir procuré par la joute. Les lapins ne pouvaient pas pratiquer de sports nautiques et ne brillaient que dans les courses, les sauts ou quelques jeux de balle. Johnny avait été champion de saut en longueur dans son Northumberland natal, avant que les joies de la capitale ne l'éloignent de l'entraînement assidu que ces performances nécessitaient. Pendant quelques heures, devant une joute, il oubliait pourquoi il était là, d'où il venait ou ce qui pourrait arriver ensuite. Il exultait en voyant les Killers, rassemblés autour du charismatique Big O, en passe de l'emporter. Arsène supportait tièdement les Blues, plus par goût de la compétition qu'autre chose. Et ce goût-là, il ne l'avait que modérément. Mais il prenait plaisir à observer le jeu, comment les personnalités de chacun s'exprimaient dans sa façon de pousser, de travailler à plusieurs ou de manière individuelle, comme le Kid des Blues, qui attendait le moindre moment de relâchement de l'équipe adverse pour pousser un grand coup.

La partie se prolongea dans le crépuscule. Les yeux et les dents des animaux brillaient sous les quelques lampadaires à kérosène installés là, l'écume de l'eau scintillait, les sensations devenaient plus aiguës alors que la chaleur commençait à retomber. Les odeurs étaient plus présentes, aussi, et Arsène se demanda combien de renards avaient avalé de la drogue, et à quel moment cela se manifesterait. Enfin, les Killers poussèrent l'assaut final, sous les encouragements de Johnny, debout. Le *master* des Blues, épuisé à ce stade de la partie, tomba à l'eau dans une immense gerbe. Les clameurs s'élevèrent autour des lapins. Arsène ne perdait pas une miette du spectacle des spectateurs eux-mêmes. Mais le sport avait cela d'extraordinaire que les animaux étaient vraiment pris dans le jeu et qu'ils ne semblaient pas occupés à commettre quelque méfait, sauf peut-être ce souriceau en bas à gauche, vraisemblablement en train de dérober des pièces d'orcuivre dans la poche d'un blaireau, rien de grave.

Sur le podium de bois, les huit Blues se pressaient, ruisselants, pantelants, essayant de réconforter leur *master* tandis que le vieux ragondin au micro leur remettait une médaille – un simple coquillage vide enfilé sur une ficelle. Ils se rangèrent sur la gauche et les huit Killers montèrent à leur tour, pattes palmées vers le ciel, applaudis par leurs supporteurs et Johnny maintenant en délire. Arsène admirait la capacité de son ami à s'abstraire du monde extérieur grâce au sport. C'était sans doute meilleur pour la santé que le lucernum, mais, après tout, ce n'était pas prouvé. À ce moment-là, son attention fut ramenée vers le micro : le vieux ragondin qui, quelques secondes plus tôt, tendait la coupe débordant de coquillages au capitaine des Killers avait soudainement changé de voix. Ce n'était plus lui qui parlait mais une musaraigne qui s'était emparée du micro. C'était étrange de voir là le minuscule animal, porté à bout de bras par deux congénères. Sa voix perçante s'éleva dans la nuit tombante.

– Stop au massacre ! Les bivalves sont des animaux comme les autres ! En offrant une coupe pleine de crustacés, vous envoyez au monde le message suivant : à Londinium, les animaux ne sont plus en sécurité ! Ils se mangent entre eux ! Comment voulez-vous que les humains nous respectent après cela ?

Le ragondin, revenu de sa surprise, avait repris le micro des mains des animaux trop petits pour lutter.

– Bien, bien, pardonnez-nous pour cette interruption momentanée, un dernier applaudissement pour les grands vainqueurs de la joute de printemps, les Killers !

Le capitaine tenait la coupe, l'air embarrassé maintenant, mais les clameurs montèrent encore des gradins, alors il la brandit vers le ciel. Des furets avaient emmené les musaraignes et les interrogeaient probablement dans leur guérite, en plus de leur coller une amende. Partout autour d'eux, Arsène pouvait entendre les discussions s'animer : la musaraigne n'avait pas totalement tort... Certains défendaient les droits des crustacés, mais la plupart rouspétaient par simple jalousie, plutôt que par souci d'autrui. Pourquoi les loutres avaient-elles le droit de consommer des animaux – certes, des animaux pêchés en amont sur la Tamise avant qu'elle ne pénètre dans Londinium, certes, des animaux qui ne ressemblaient pas à grand-chose, dépourvus de la plupart des organes vitaux, enfermés dans leur coquille rigide, mais des animaux quand même – alors que toutes les autres espèces devaient se contenter de galettes de protéines ? Les musaraignes, par leur statut de plus petit mammifère vivant en ville, se sentaient des affinités avec plus minuscule qu'elles. Le fait qu'elles osent se manifester maintenant était le résultat des tensions qui agitaient Londinium depuis quelques semaines, tensions que le creusement des terriers par les ragondins avait exacerbées.

Arsène prit la patte de Johnny qui avait recommencé à scruter les gradins. Le géant des Flandres soupira.

– De toute façon, c'était vraiment pas son genre, les derbys de joute, je sais pas pourquoi je m'obstine à la chercher…

– Parce que tu es amoureux ?

– Oui… Mais à quoi bon ?

– C'est à moi que tu poses la question, Johnny ?

– Oui, en effet, à quoi bon, ça aussi ? Parler d'amour au seul lapin de Londinium qui ne soit pas obsédé par la procréation !

– Je t'ai déjà expliqué que l'amour et la procréation n'avaient pas besoin d'aller de pair.

Johnny soupira.

– À qui le dis-tu ! Mes parents ont fait au moins trente lapereaux. Je peux t'assurer qu'ils n'ont jamais été amoureux, ils n'ont pas eu le temps. Ma mère passait ses journées allongée avec des gosses pendus aux mamelles et quand ils commençaient à bondir, hop, elle en pondait d'autres.

– Tu vois ! Je ne dis pas qu'on ne peut pas être amoureux et avoir des petits. Et ici, avec la limitation des naissances, ça permet de ne pas se laisser déborder. Mais moi, je ne veux ni l'un ni l'autre. En attendant, je vois que toi, tu es très amoureux.

– Et en quoi ça te concerne ?

– Je n'aime pas te savoir triste. Je n'aime pas que tu sois très amoureux d'une loutre qui a disparu dans une ville qui en compte des centaines, et que nous ne parvenions pas à la retrouver. Bon, il est temps que je te raconte. Je ne veux pas te bercer de faux espoirs, mais j'ai déchiffré les indices que t'ont donnés le gamin du Dôme et le castor du *Sad Possum*. En gros, ça signifie « boule noire ». J'en suis sûr. La loutre veut que tu ailles à la *Boule Noire*. Et je vais t'accompagner.

Arsène se retint d'expliquer à son ami qu'à son avis la loutre avait délibérément compliqué le message pour ne pas que Johnny parte seul à sa recherche, et pour s'assurer qu'il ferait appel à Arsène. Ce n'était pas la peine de l'inquiéter. Et Johnny était bien capable de devenir jaloux.

– On était déjà à la *Boule Noire* hier.

– Oui, mais le souriceau qui m'a informé a parlé d'activités nocturnes… Il doit me faire un rapport en fin de nuit. Je crois qu'on aurait tout à gagner à être dans les parages, et à observer nous-mêmes. En attendant, méfie-toi des renards.

– Ah, oui, c'est vrai que d'habitude les lapins ne se méfient pas des renards… Tu me prends toujours pour un imbécile !

– Je veux dire, plus encore que d'habitude. Une lapine a été saignée hier à Willowburn.

– Non !

– Ma mère m'a raconté ce matin. Mon abruti de frère a décidé de monter une milice antirenards.

– Ha ha ! Il a trouvé quoi, comme miliciens ? Des crocodiles et des tigres du Bengale ? Me dis pas qu'il a monté une milice de lapins ?

– Si, bien sûr.

Le géant des Flandres éclata d'un rire tonitruant, et Arsène rit avec lui. Johnny connaissait les rapports que le lapin entretenait avec son frère. Mais il ne comprenait pas qu'Arsène continue d'en souffrir. Lui, il avait abandonné une bonne trentaine de frères et sœurs à leur sort de lapins en pays minier, tout au nord, là où la surpopulation des terriers et l'industrialisation avaient entraîné une baisse dramatique de l'espérance de vie. Si ça se trouvait, il n'y avait plus aucun membre de sa famille en vie, en tout cas aucun qu'il eût connu, parce qu'il était évident que ses frères et sœurs s'étaient reproduits au même rythme que leurs parents.

Arsène avait baissé la voix pour expliquer à son ami l'histoire de la drogue à base de sang de lapin. Ils se mirent d'accord pour être le plus vigilants possible.

11
Le drapeau de la Résistance

Quand ils arrivèrent en vue de la *Boule Noire*, le service allait se terminer. Arsène reconnut la jeune femme qui attendait le serveur, assise sur le banc où il avait ses habitudes. Les deux lapins traînèrent aux alentours, le temps que le jeune homme enfile sa veste, salue le gérant et sorte rejoindre sa fiancée. Celle-ci se jeta à son cou. Les lapins épièrent la conversation, une énième conversation d'amoureux qu'Arsène jugea sans intérêt et dont il ressortait que le jeune homme n'était plus le moins du monde inquiet. Les accusations de vol semblaient avoir disparu. Arsène fut à la fois soulagé pour lui et un peu déçu de n'avoir pu croiser Firmin à temps pour lui rapporter ce qu'il savait des exactions subies par le gérant. Le racket était probablement terminé, et avec lui la promesse d'une récompense en pièces d'orgent pour le lapin qui l'aurait dénoncé au ministère. Pourtant, quelques minutes plus tard, alors que les bouffées de parfum à la violette et les silhouettes des amoureux s'effaçaient dans la nuit, Arsène vit que le patron gagnait la porte de derrière. Les deux lapins arrivèrent juste à temps pour voir la voiture stationner et le gros homme tendre son enveloppe.

Arsène était perplexe. Ce qui allait se passer à la *Boule Noire* cette nuit-là lui semblait à présent d'une importance capitale. Il fallait bien une explication à tous ces mystères. Le souriceau devait déjà être en train d'épier les autres pour apprendre de quoi il retournait. En attendant, la seule cachette possible était l'énorme container en fer-blanc qui occupait une partie de la cour. Johnny s'y glissa le premier et Arsène dut le suivre. Il se demanda si son odorat et lui-même par la même occasion survivraient : jamais il n'avait approché une puanteur pareille et il regrettait même la vanille d'*Hawaii Paradise*. À croire que les humains se parfumaient pour supporter leurs propres émanations. Johnny était déjà en train de farfouiller à la recherche d'un légume oublié et Arsène le réprimanda. Ce n'était pas le moment de faire du bruit. Il voulait surtout que le lapin arrête de remuer ces immondices et il priait pour que sa veste ne soit pas souillée. Quelle idée de porter du lin pour visiter des poubelles…

Dressés sur leurs pattes arrière, ils maintenaient le couvercle entrouvert pour regarder la cour et n'eurent pas à patienter longtemps. Un blaireau approchait, suivi de deux loutres. Les animaux longeaient les murs et prenaient garde à ne pas être vus. Bientôt, ce fut toute une ménagerie qui défila : des lapins qu'ils ne connaissaient pas, des loutres, des ragondins, des rats musqués, des hérissons, des musaraignes, des souris, un castor et même un couple de loirs. Quand la cour fut de nouveau déserte, les deux lapins ouvrirent délicatement le couvercle. Arsène sauta à terre aussi vite qu'il le put et épousseta sa veste. Il décida de cacher son canotier, qui ne cessait de glisser, derrière une touffe d'herbe se frayant un chemin vers le ciel à travers le ciment abîmé de la cour, et résista au passage à la tentation de la déguster d'un coup de dent.

Les deux lapins s'approchèrent silencieusement de la porte et regardèrent dans le trou laissé par la planche cassée. Il leur fallut un peu de temps pour s'habituer à l'obscurité. Arsène aperçut d'abord le souriceau, sur une poutre, qui observait la scène se déroulant dans la salle en contrebas. Il ne distinguait que le dessus de la tête des autres animaux installés en cercle. Le castor leur faisait face, prononçant un discours animé dont il martelait les phrases de coups de son épaisse queue plate.

– Nous n'avons plus le choix. Je crois qu'il faut passer à l'action avant qu'il ne soit trop tard. Une lapine a été saignée hier dans un faubourg.

L'assemblée frémit et quelques murmures furent échangés. Le castor continua :

– J'ai identifié le lieu de distribution de la drogue : c'est l'opossum qui tient le *Black Crow*, un nouveau bar des Terriers Rouges qui sert de relais. Les renards viennent se fournir chez lui. Par ailleurs, suivant les instructions de Lady O, nous avons essayé de contacter le lapin enquêteur. S'il est aussi intelligent qu'elle le dit, il devrait finir par arriver ici et nous pourrons lui demander de l'aide. Seulement, il faudrait qu'il se dépêche avant que ce ne soit la catastrophe à Londinium…

Arsène devina immédiatement que « Lady O » devait être Lottie. Et il n'imaginait pas une seconde qu'il puisse y avoir un autre lapin enquêteur sur la planète. Il se tourna vers Johnny pour recueillir les impressions de son ami. Devaient-ils intervenir ? Johnny fit une moue incertaine : peut-être était-il en train de se rendre compte que son amoureuse était un personnage complexe, qui ne lui avait même pas donné son vrai nom – si tant est que « Lady O » pût être qualifié de vrai nom – et qui l'avait quelque peu manipulé. En bas, le castor avait terminé de parler et une loutre avait pris la parole.

– Voilà, nous avons fini de rédiger les statuts… Il faut que nous soyons tous d'accord, sinon la résistance ne pourra jamais s'organiser. Je vous propose de les lire et de les signer. Un trait suffira pour ceux qui ne savent pas écrire ou peinent à tenir le crayon. Je pose le livre là, sur la table.

Arsène ne pouvait pas voir la table – elle était trop basse –, mais au-dessus pendait un petit drapeau en toile grossièrement coupée, sur lequel il eut la surprise de découvrir, dessiné au fusain noir, le même dessin que celui du graffiti qui se trouvait à l'étage, au fond de la salle du bar : trois hommes prêtant allégeance à une énorme sphère noire. Arsène se décida enfin et demanda à Johnny de patienter pendant qu'il se frayait un passage entre les deux planches, veillant à ce qu'aucune écharde ne vienne accrocher sa veste. Il descendit l'escalier en bois et, au premier craquement, une musaraigne chargée de monter la garde poussa un cri. Les animaux se tournèrent vers lui à l'unisson. Arsène s'immobilisa et leva une patte en geste de paix. Il chuchota aussi fort qu'il le put :

– Pardon, pardon, je suis… Je m'appelle Arsène et j'ai compris que… comment dire ? Un message m'est parvenu m'enjoignant de me rendre à la *Boule Noire*.

Partout, des chuchotements : le lapin ! C'était le lapin enquêteur !

Le castor qui avait parlé au début se détacha du groupe.

– Bienvenue, lapin. Nous vous attendions, en quelque sorte. Oui, vous nous avez été adressé. Il paraît que vous pouvez nous aider.

Malgré son impatience, Arsène ne dit rien. Il valait toujours mieux laisser parler les autres. Le castor continua.

– Vous comprendrez qu'il est difficile pour nous de vous faire confiance… Si vous n'êtes pas du bon côté, nous pouvons tous y passer. Nous ne devons donc vous donner que les informations nécessaires, vous comprenez ?

– Bien entendu.

– Je vais essayer de faire vite. L'une des nôtres, Lady O, a été arrêtée et emprisonnée à Holloway sans la moindre preuve ni aucun chef d'accusation valable. Qu'elle ait ou non diffusé des informations secrètes recueillies pendant ses missions au ministère de l'Hygiène n'est pas votre problème, bien sûr…

À ce moment-là, la loutre qui tenait les statuts toussota. Le castor se ressaisit.

– Enfin, oubliez ces histoires d'espionnage. Nous voulons que vous nous aidiez à libérer Lady O. Elle nous a demandé de faire appel à vous. Il faut découvrir pourquoi le ministère tient à la mettre à l'ombre, et ce qu'ils savent exactement de nos missions.

– Et ces missions, justement ?

Le castor se tourna vers la loutre. Les autres animaux retenaient leur souffle. La loutre opina de la tête et le castor poursuivit.

– Nous sommes une organisation de résistance. Notre action s'étend en dehors de Londinium, bien sûr. Nous nous entraidons avec les animaux d'autres pays d'Europe. Pour le moment, surtout la France et les Flandres… Ils n'ont jamais été aussi près d'obtenir l'Intégration. Et pourtant, la situation est en train de changer et nous pourrions tous être menacés. Avez-vous remarqué ce qui arrive aux renards ? La tension créée par tous ces prédicateurs qui se multiplient ? Les lois eugéniques qui sont de plus en plus injustes et strictes ? On essaie de semer la zizanie partout : entre humains et animaux, entre animaux entre eux et même entre humains entre eux…

Arsène détestait avouer son impuissance.

– Oui, bien sûr, mais je n'ai pas encore élucidé tout cela, je viens juste de me pencher sur le cas et…

Le castor ne le laissa pas terminer.

– Ça fait des mois qu'ils le mettent en place, mais tout est très secret.

– Ils ?

– C'est le problème. Nous ne savons pas qui exactement.

Le ministère de l'Hygiène est derrière une partie des nouvelles circulaires. Mais pourquoi Woodruff a-t-il soudainement tant de pouvoir ? Pourquoi le Grand Chambellan laisse-t-il faire ? J'ai peur, lapin, qu'au-dessus du Grand Chambellan il n'y ait pas grand monde sinon… sinon quelqu'un que je ne me permettrais pas de nommer ici. Quelqu'un ou plutôt quelqu'une. Bien entendu, il n'est pas question de la mettre en cause. D'ailleurs, nous savons qu'elle est en France à l'heure qu'il est, pour la saison de la chasse. Mais il s'agit probablement de son entourage. Oui, lapin. Quelqu'un, dans l'entourage de Sa Majesté, essaie de déstabiliser le pays.

Arsène n'aurait jamais imaginé que la reine soit mêlée à toutes ces histoires. Son entourage ? La reine était mariée à un homme certes charmant, mais qui se targuait de ne rien comprendre à la politique et qu'elle avait fait prince d'Irlande. Ils avaient trois enfants. L'aîné, le prince Arthur, s'occupait des décisions importantes en l'absence de sa mère. Mais il était difficile de voir dans ce pacifique ami des animaux quelqu'un prêt à manigancer des insurrections. Venait ensuite la princesse Grace, une blonde insipide qui s'était mariée avec un prince d'Europe centrale, Arsène ne savait plus de quel pays. Et le petit dernier, Alexander, qui était encore étudiant à Oxford, plus connu pour les fêtes somptueuses auxquelles il participait que pour tout autre chose. Il fallait probablement chercher du côté des oncles de la reine, Archibald et Maximilian, dont tout le monde savait qu'ils avaient tenté d'infléchir la loi de succession qui les avait écartés du trône au profit de celle qui n'était alors encore qu'une jeune femme inexpérimentée… Le castor continuait.

– Oui, quelqu'un cherche à déstabiliser le pays pour pouvoir faire passer des lois antifaunistes, ça, c'est sûr. Quelqu'un qui déteste les animaux, et ce n'est pas ça qui manque, hélas. Quand on voit le succès des prédicateurs venus de Cornouailles… Mais les Cornouaillais n'ont pas assez de pouvoir. C'est ici que cela se passe, en plein Londinium. En tout cas, nous voulons nous y opposer. Si le gouvernement revient sur la *Carta Maxima*, nous nous retrouverons comme les animaux du reste de la Grande-Bretagne, à peine tolérés. Voire, comme ceux du reste du monde, sauvagement pourchassés.

L'assemblée frémit à ces mots, et Arsène fit un effort pour garder son sang-froid.

– Pourquoi le graffiti de la *Boule Noire* figure-t-il sur votre drapeau ?

– Ah, ça… Disons que c'est une longue histoire. Sachez juste que la *Boule Noire* a une tradition de résistance. Nous ne faisons que suivre les traces de ces ancêtres. Beaucoup étaient français et nous savons qu'aujourd'hui le salut viendra en partie de Paris, là où les mammifères militent activement pour l'Intégration. Ils n'en sont pas encore à se tirer dans les pattes, eux ! Lady O pense que vos, comment dire, vos attaches familiales françaises pourraient nous être d'un certain secours.

– Mes attaches familiales ? Je n'en ai plus aucune ! Nous ne sommes jamais retournés en France, hélas…

– Eh bien, peut-être que cela pourrait arriver, dans les semaines qui viennent. En tout cas, vous comprenez le français, cette culture particulière… Je ne sais pas, moi, pourquoi elle tient tant à vos services !

Arsène renonça à se vexer, ce serait totalement contre-productif. Il valait mieux prouver de quoi il était capable à ce gros bêta des rivières puant le crustacé.

– Nous verrons. Qu'attendez-vous donc de moi ?

– Que vous utilisiez vos contacts au ministère de l'Hygiène pour découvrir qui se cache derrière l'arrestation de Lady O. Voire derrière tout cela.

– Je vois…

Arsène était perplexe. Il n'avait de contact qu'au ministère du Grand Intérieur. Et c'était une chose de glaner de menues informations, c'en était une autre de pénétrer les arcanes du ministère de l'Hygiène : pouvait-il être à la hauteur ? Sa mine s'assombrit. Il enleva son monocle et le frotta minutieusement, comme il le faisait quand il était soumis au doute, un sentiment humain auquel il n'était pas encore bien habitué. Le castor, loin d'imaginer de tels raffinements émotionnels, se méprit.

– Ah, oui, bien entendu, vous vous demandez pour le paiement… Dès que Lady O sera libérée, c'est en pièces d'orpur que vous serez récompensé. En attendant, nous avons collecté ici entre nous un ensemble de pièces d'orcuivre et d'orgent et…

– Gardez vos pièces. Lady O me paiera le jour où elle sortira de prison. Je ne suis tout de même pas un mercenaire !

Le castor, interdit par ce qu'il prit pour un acte de

générosité, n'eut pas l'intelligence de comprendre que, justement, Arsène se comportait en mercenaire. Au moins, l'honneur était sauf. Le lapin dévisagea une nouvelle fois tous les membres de l'assemblée, restés cois pendant l'entretien, et effectua un salut aussi digne que possible. Avide de tout raconter à Johnny, il grimpa l'escalier, tandis que les animaux recommençaient à parapher leurs statuts.

Mais dehors, pas de Johnny, rien que le ciment gris éclaté par les touffes d'herbes. Arsène longea le mur jusque derrière le container. Son ami n'était pas davantage visible que son canotier, qui avait lui aussi disparu. Il revint se poster devant la porte. Johnny avait dû aller voir quelque chose. Ce n'était pourtant pas le genre de son ami de disparaître en catimini. Et Arsène n'avait rien entendu ni senti… Senti ! Est-ce que les renards avaient emporté Johnny ? Pourquoi ? Son sang ne fit qu'un tour dans ses veines, un tour très rapide de lapin cardiaque. Il s'apprêtait à partir en bondissant pour suivre la trace de son ami lorsqu'il entendit de petits couinements plaintifs derrière lui. Il se retourna et vit qu'une souris d'un certain âge le regardait d'un air plein de détresse. Derrière elle, le souriceau de la veille se tenait droit, les yeux furieux.

– J'ai bien compris, lapin… Vous n'avez pas eu besoin de moi. Adieu, notre appartement dans les galeries !

Arsène se tourna vers la souris.

– Madame, vous êtes la mère de ce jeune souriceau ?

– Oui, excusez-le. Il est très déçu, et, comment dire, moi aussi.

– Je comprends. Écoutez, je ne suis pas un mercenaire. Je vais faire tout ce que je peux pour cet appartement. En attendant, vous n'avez pas vu passer un géant des Flandres?

– Non, j'étais occupée à nourrir le petit dernier. Et mon fils était sur la poutre, comme vous le savez. Mais cette cour est fréquentée par toutes sortes d'humains et de mammifères… Bonne chance. Et surtout, merci, lapin.

Elle se retourna, poussant son fils devant elle. Celui-ci jeta un dernier regard noir à Arsène, et le lapin se dit qu'il avait intérêt à le trouver, cet appartement. Le souriceau en colère avait tout entendu de sa conversation avec les résistants de la *Boule Noire*. Il pourrait leur faire le plus grand mal. Puisque maintenant les animaux luttaient entre eux…

Restait à suivre la piste de Johnny. Hélas, l'odeur si familière du lapin disparaissait dès que l'on atteignait la rue. Il était fort probable qu'il ait été emmené dans une voiture. En tout cas, c'était préférable à l'autre éventualité, tout aussi probable: que Johnny ait été dévoré sur place. Le lapin pouvait avoir été tué sur le coup, sans avoir eu le temps de crier, et les renards pouvaient n'avoir laissé aucune trace. Comment distinguer des taches de sang dans cet amas dégoûtant de journaux déchirés, d'huile de moteur, de boissons renversées ou d'herbes sèches qui jonchaient le trottoir? Arsène se demanda par où commencer.

Dans la rue, seules deux canes discutaient à l'arrière d'un petit hôtel, du linge sous le bras. Mais elles n'avaient rien vu. Elles n'excluaient pas qu'il se soit passé quelque chose, bien entendu, mais elles étaient tellement occupées à discuter de la nouvelle femme de chambre, une certaine Molly qui leur donnait du fil à retordre, qu'elles n'avaient rien vu du tout. Est-ce qu'on avait idée de faire repasser les napperons tous les jours ? Et… Arsène comprit qu'il n'y aurait rien à en tirer et les salua hâtivement, d'autant plus que sans canotier il était embarrassé pour faire son geste de salut habituel.

Cela servait-il à quelque chose d'avancer ainsi sans but ? Non, il le savait. Mais il avait du mal à renoncer à suivre la piste de son ami, même s'il n'y avait aucune piste. On était au milieu de la nuit, peut-être deux, trois heures du matin. Le *Sad Possum* serait encore ouvert.

Il sautait tristement vers les Terriers Rouges, évitant telle calèche de fêtards avinés, tel groupe de renards occupés à parlementer. La marche le calma un peu. Après tout, si les renards avaient dévoré un géant des Flandres en pleine rue, il y aurait eu quelques restes. Des poils, par exemple. Les renards ne faisaient pas le ménage derrière eux, c'étaient des animaux sales. Bien sûr, cela n'excluait pas qu'ils soient allés le dévorer ailleurs. Mais quelque chose – son intuition probablement, ou simplement son refus des événements trop tragiques – disait à Arsène que cette disparition était liée aux bouleversements en cours. Quelqu'un devait avoir vu les lapins épier la réunion secrète. Peut-être un membre de la résistance, chargé de la surveillance, avait préféré ne pas prendre de risques ? Dans tous les cas, il était hors de question de rendre la disparition de Johnny publique. Arsène comprenait bien que désormais tout était lié et qu'il venait, d'une certaine façon, d'accepter d'agir dans la clandestinité. Il décida donc de ne pas s'attarder au *Sad Possum* et d'éviter de trop parler. Il but une serpolette en feuilletant le *Londinium Times* du jour : aucune circulaire des pages brunes ne semblait louche. Au Chili, un coup d'État militaire mené par Marmaduque Grove venait de renverser le gouvernement et de le remplacer par la République socialiste. Voilà ce qui pouvait arriver à Londinium. Et alors, finie l'Intégration… Il y avait bien un petit filet sur l'attaque d'une lapine dans un faubourg et d'un rat musqué dans les Terriers Rouges, mais que du factuel, et surtout aucune mention d'un renard comme suspect principal. Arsène renonça à plomber l'ambiance et laissa le juke-box tranquille. Il salua Jeff et partit se coucher. Il s'endormit à même son fauteuil, le gramophone tournant à vide, après avoir fumé une énorme pipe de lucernum.

12
Southgate

C'était l'avantage du creusement des terriers par les ragondins et du réveil matinal : les journées d'Arsène étaient de plus en plus longues. Il ne savait pas combien de temps il tiendrait à ce rythme. Mais du temps, il ne pouvait plus se permettre d'en perdre. Quelque part, Johnny était en détresse. Il ne voulut pas aller prévenir Flopsy, Mopsy et Topsy. Les lapines ne s'inquiéteraient pas : il arrivait parfois au géant des Flandres de découcher et de passer la nuit à la belle étoile. Arsène renonça à regarder l'énorme montre qu'il n'avait toujours pas remontée, se lava un peu plus rapidement que de coutume, remit sa redingote en peau de taupe et un chapeau melon. Plus de redingote habituelle, plus de montre à gousset, et maintenant plus de canotier… Quoi qu'il arrive à Londinium, cela était en soi assez grave pour qu'il devienne urgent de trouver une solution à ce marasme.

Il acheta de la poudre de thym en route, décidé à ne plus se laisser embarquer à mâchouiller des légumes frais, trop nostalgiques et surtout trop onéreuses. Il se rendit aussi vite que ses pattes le lui permettaient au ministère du Grand Intérieur. La chaleur l'accablait et il dut s'arrêter plusieurs fois pour reprendre son souffle. Il ne savait pas trop ce qu'il allait pouvoir apprendre, mais il était évident que des choses importantes se passaient dans les ministères.

Il sifflota pendant une bonne dizaine de minutes, au point de presque en avoir assez de sa chère Joséphine Baker. *J'ai deux amours*... Heureusement, Firmin apparut au moment où Arsène allait abandonner. Il n'avait même pas sifflé et passa devant les hortensias sans paraître prêter attention au lapin. Arsène était suffisamment malin pour comprendre et il suivit le jeune homme de loin, jusqu'à ce qu'ils parviennent au petit square Carnarvon. Là, Firmin s'assit sur un banc et déplia un journal tandis qu'Arsène se glissait sur le sol, juste en dessous. Le jeune homme parlait suffisamment fort pour que le lapin l'entende.

– Je suis surveillé. Je ne sais pas encore par qui exactement. C'est pour ça que je ne suis pas sorti hier, trop dangereux. Ils ont appris que nous communiquions...

– Cela n'a jamais été un problème !

– Pardon... Je ne parle pas de ce ministère-ci, mais de celui de l'Hygiène. Ils sont partout, Arsène. Ils ont imposé des furets en faction aux guérites nord, des furets qui doivent tout leur rapporter. De nouveaux employés sont nommés chaque jour par le Grand Chambellan lui-même. Dans mon bureau, un type atroce avec un accent de l'Est guttural et vêtu d'une chemise tachée me suit pas à pas. J'ai prétexté une envie d'aller aux toilettes pour lui échapper.

– Mais pourquoi ?

– Je ne comprends pas. Il est évident que les lois du bureau de l'Eugénisme peuvent faire de grands dégâts. Nous avons arrêté un groupe de roux qui préparaient un attentat pour attirer l'attention sur leur condition. Et, comment dire, ils ont un discours antifauniste : étant exclus, ils se tournent vers plus faibles qu'eux : les animaux. Le ministère de l'Hygiène fait tout ce qu'il peut pour semer la zizanie entre les peuples du fleuve et ceux des terriers. Hier, une pauvre musaraigne a été utilisée pour raconter n'importe quoi pendant les Joutes de printemps. Elle n'avait pas le choix, nous avons reçu l'ordre de détenir sa famille en otage, ils n'ont été libérés qu'après son discours ridicule sur les crustacés.

– Vous ne pouvez pas aller enquêter au ministère de l'Hygiène ? D'ailleurs, j'ai moi-même une question concernant le ministère… Cette loutre dont je vous ai parlé l'autre jour, celle qui avait disparu… Eh bien, elle a été arrêtée et jetée à Holloway. Alors qu'elle n'aurait rien à y faire.

Le jeune homme émit un petit rire.

– Ce ne serait pas la première !

– Non, bien sûr, mais il y aurait derrière ça des raisons, disons, politiques. Pas moyen d'en savoir plus ?

– Non, ça grouille de furets. Rien à faire. Paris me semble bien loin, Arsène…

– Ah ! Pour ma part, j'ai quelques informations. Les renards sont drogués par un sérum à base de sang de lapin, qui inhibe leur odeur. Ils se le procurent dans un bar nommé le *Black Crow*, tenu par un opossum venu récemment de l'Est et prénommé Igor. Le bar a ouvert du jour au lendemain, et tout y est flambant neuf.

– Tiens, tiens…

– C'est un renard qui a saigné la lapine de Willowburn, et un renard qui a tué le rat musqué hier dans les Terriers Rouges. Je l'ai vu de mes propres yeux ou presque. Un autre renard drogué a attaqué un loutron au début des joutes, j'étais présent aussi.

– Je vais finir par croire que vous êtes mêlé à tout ça ! Arsène hésita, puis tenta un sourire – une sorte de grimace avec froncement de nez qu'il ne maîtrisait pas encore très bien.

– J'ai moi-même été attaqué par un renard !

– Bon, bon, je plaisantais. Je vous dois une pièce d'orgent. Je ne peux hélas pas faire plus en ce moment…

– D'accord, mais alors il me faut aussi un logement de fonction avec huit pièces taille souris, dans le haut des galeries inférieures.

– Comme vous y allez !

– Les temps sont durs pour les animaux, Firmin… Très durs, même. Mon ami Johnny a disparu, un énorme géant des Flandres. Vous n'avez rien entendu à ce sujet ?

Firmin marqua un silence. Il hésitait. Arsène insista.

– Je parle de mon… mon meilleur ami, Firmin.

– Je ne peux rien vous dire. Sinon qu'hier un lapin a été jeté dans un cachot à Southgate. Ne me posez plus de questions à ce sujet, je vous en prie, Arsène.

Et Firmin se leva en sifflotant et regagna son bureau en fumant une cigarette, comme s'il avait fait une simple pause.

Arsène ressentit un étrange mélange de soulagement à l'idée que son ami n'était pas mort et d'angoisse à l'idée qu'il était tout de même en prison. Il ne réfléchit pas très longtemps. Il fallait surmonter sa réticence et se rendre à la prison de Southate. Les prisonniers avaient droit aux visites de proches, et Johnny n'avait que lui, en tout cas c'est ce qu'Arsène aimait penser depuis qu'il l'avait sauvé à son arrivée à Londinium.

Il contourna la Briqueterie et suivit les entrepôts des docks Sud. Il commençait à être fatigué, entre le manque de sommeil et tous ces déplacements, et dut s'arrêter plusieurs fois pour reprendre son souffle. Enfin, derrière les cheminées des usines apparurent les tours crénelées de Southgate. La prison était installée dans un château médiéval dont l'architecture accentuait le côté lugubre. Des centaines de furets patrouillaient alentour. Arsène se présenta à la guérite d'entrée, un furet prit l'empreinte de sa patte et son nom, et le laissa avancer vers le quartier des détenus de courte durée où arrivaient tous les êtres vivants arrêtés pour délinquance. Des gamins des rues, des mendiants ou des animaux qui s'étaient battus constituaient l'essentiel des troupes. Arsène essayait de retenir sa respiration, tant l'odeur lui était désagréable. Ça sentait la sueur de la peur, cette transpiration aigre que les humains produisaient en situation de stress, et aussi la soupe de pois cassés, servie deux fois par jour dans des gamelles jamais lavées. À l'entrée étaient postés deux chiens massifs. Arsène n'y connaissait rien en chiens, mais le *Londinium Times* lui avait appris que les prisons étaient désormais gardées par des dogues du Tibet. Il trouvait cela à la fois terrifiant et très exotique. Les chiens étaient rarement utilisés à des fins sécuritaires, puisque les furets coûtaient moins cher et suffisaient généralement. Mais pas ici. Arsène s'approcha aussi près que son courage le lui permettait et demanda s'il pouvait rendre visite à son ami… Il réfléchit un instant, puis se dit que la police était capable de tout et notamment de se renseigner sur la véritable identité des gens qu'elle interpellait. Il donna donc le nom de Richard, lapin du Northumberland, arrêté la veille dans la cour de la *Boule Noire*. Le dogue se leva et le cœur d'Arsène faillit lâcher – l'animal était vraiment énorme. Le chien aboya plus qu'il ne parla.

– Et qu'est-ce qui vous dit qu'il est ici ?

– Ce serait logique, non ? Vous pouvez regarder dans votre registre ?

– Oui, ce serait logique. Mais non, je ne peux pas regarder dans mon registre. Ce n'est pas la peine.

Le dogue retroussa une babine, et Arsène tremblant dut s'asseoir à même la terre battue devant la guérite.

– Pourquoi, pas la peine ?

Le dogue esquissa peut-être un sourire, en tout cas il retroussa la seconde babine.

– Parce que le lapin Richard, du Northumberland, comme vous dites, a été emmené ce matin. Quartier de haute sécurité.

– Vous voulez dire à… à…

– À Elsenor, oui, lapin. Et tu peux rire, toi aussi. Un lapin à Elsenor, on aura tout vu ! Comme s'il n'était pas suffisamment gardé par des chiens comme nous. Enfin, ça en fait un de moins qu'on ait envie de croquer. Parce qu'ils ont beau manger que de la soupe de pois cassé, ça reste des bons morceaux, tous ces prisonniers…

Arsène n'écouta pas la suite et repassa les grilles en courant. Une fois dehors, il s'assit à l'ombre des grandes tours. Elsenor. Ce n'était pas possible. Johnny dans les geôles réservées aux grands criminels… À Elsenor, pas question d'aller voir les prisonniers. Il fallait pour ça un mandat du ministre du Grand Intérieur, validé par la reine elle-même. Ce qui était bien plus grave, c'était que peu de prisonniers ressortaient d'Elsenor. Et ils n'en sortaient que quand ils étaient trop vieux pour présenter le moindre danger.

Pour la première fois de son existence, Arsène se sentit impuissant. Ses oreilles pendaient misérablement sous son chapeau. À quoi bon enquêter si Johnny devait finir sa vie à Elsenor, et par sa faute à lui, en plus ? Son seul réconfort était qu'il s'agissait là d'une émotion bien humaine. Il avait assez lu pour savoir qu'on appelait ça de la culpabilité, voire de l'amitié, même s'il n'était pas assez calé pour être bien sûr de ce que c'était au juste. En tout cas, ça faisait mal. Il était incapable de se remettre debout et son cœur battait dans tous les sens. Il devait désormais trouver un moyen de libérer deux personnes de deux prisons différentes, et tout cela dans un contexte général pour le moins morose. Qu'aurait fait l'ancien Arsène, celui qui traquait la vérité quelles que fussent les conséquences ? À défaut de rien pouvoir pour Johnny pour le moment, il fallait trouver la loutre qui était à l'origine de la série d'événements qui avaient jeté le lapin dans un donjon gardé par des molosses. Cette fois, rien ne devrait détourner Arsène de sa quête. Cela ne servirait à rien de se rendre à Holloway pour parler à Lottie. Seules les femelles y avaient le droit de visite. On ne faisait pas confiance aux mâles, peut-être qu'on savait qu'ils étaient désespérés quand leur femme, mère ou sœur était emprisonnée, emportant derrière les barreaux sa science du ménage, de la cuisine, du réconfort, toutes ces choses qui, pour Arsène, étaient associées aux femelles. Les mâles étaient prêts à tout pour les faire libérer. Ce n'était pas propre aux animaux, puisqu'il y avait les mêmes restrictions dans l'aile de Holloway réservée aux humaines. Dans tous les cas, cette interdiction de visite compliquait la tâche d'Arsène. Il avait beau écouter Joséphine Baker du matin au soir, il y avait peu de femelles dans son entourage. Il pensa un instant à Flopsy, Mopsy et Topsy, mais il était impensable d'envoyer les délicates colocataires de Johnny traîner leurs pattes dans la boue sur laquelle était construite Holloway. Les abords de la prison grouillaient de malfrats. Et Arsène soupçonnait Flopsy d'être secrètement amoureuse du géant des Flandres : pas sûr qu'elle soit la meilleure alliée pour approcher Lottie. Il aurait pu demander à une de ces bêtes qu'il avait vues rassemblées au sous-sol de la *Boule Noire*, mais son orgueil l'empêchait de s'adresser à la Résistance avant d'avoir libéré Lottie. C'était sa mission, et il était clair qu'il devait s'en acquitter seul.

Alors qu'il remontait le cours de l'East River et que les montagnes de ballots de toile du Quai des Farines apparaissaient à l'horizon, il eut une inspiration. Il en connaissait, des femelles qui ne vivaient pas très loin. Il sauta sur la première péniche qui passait, ignorant la poudre blanche qui maculait sa redingote, ce qui était un signe d'urgence. Autour du débarcadère de Willowburn, toujours les mêmes loutrons et crapauds, mais de lapins, point. Il évita le clapier de sa mère. Il n'était pas question d'envoyer la vieille lapine à Holloway et, de toute façon, mentionner le seul nom de la prison suffirait à l'envoyer beaucoup plus loin, directement au cimetière. Elle n'aurait jamais supporté que son fils ait quoi que ce soit à faire avec des criminels.

Il s'approcha par un chemin de traverse du clapier où vivaient ses frères et sœurs. Devant la porte, il aperçut la silhouette de l'un des fils d'Albert – il les confondait tous, il y en avait tellement – debout sur ses pattes arrière, oreilles dressées, en train de monter la garde. Ridicule. Un peu plus loin, au bord de l'étang, il vit le groupe qu'il cherchait, c'est-à-dire ses nièces, que leurs parents dispensaient de tours de garde, comme si un renard pouvait être davantage terrifié par un lapin que par une lapine. Elles n'avaient pas encore hérité de la paranoïa familiale et s'amusaient à faire des ricochets, riaient, dansaient. Arsène trouvait que ce n'était pas un comportement de lapines, mais qui était-il pour juger, lui qui se promenait en redingote et avec une montre à gousset ? Il tenta de refouler le lent serrement de cœur qui s'emparait encore de lui à la pensée de sa montre. Trop d'émotions dans une seule journée. Il attendit patiemment que l'une des lapines s'éloignât du groupe pour aller grignoter quelque roseau et s'approcha.

Isadora, puisque c'était le nom de sa nièce, ne sursauta pas en le voyant. C'était bon signe. Il la reconnut immédiatement parce qu'elle ressemblait comme deux gouttes d'eau à sa mère Louise : même pelage gris et blanc, mêmes oreilles un peu tombantes et même tendance à se déplacer uniquement en sautillant, chaque bond comme un ridicule pas de danse.

– Arsène ! Quelle bonne surprise ! Tu viens monter la garde ?

– Euh, non, pas exactement. Écoute, je suis ici en mission secrète. Que dirais-tu de quelques pièces d'orcuivre ?

– Ça dépend pour quoi... Surtout si c'est secret.

Arsène sursauta. La petite avait du répondant.

– Bon, c'est un peu délicat. Une très bonne amie à moi a été injustement emprisonnée à Holloway...

La lapine lâcha son roseau.

– Holloway ?

Arsène essaya de répondre avec détachement.

– Oui, mais pas de panique, de nos jours, presque tout le monde finit par y passer, tu sais... Il faudrait rendre visite à cette amie et lui poser discrètement quelques questions. Rien de sorcier, donc. Je te donnerai dix pièces d'orcuivre.

La lapine tourna deux fois sur elle-même, comme si cela l'aidait à réfléchir.

– Et pourquoi je ferais une chose pareille ? Ce n'est pas drôle, Holloway... Et si ma mère se rend compte que je suis absente...

– Eh bien, tu pourrais le faire parce que cette amie est une grande danseuse !

Isadora le regarda, interdite.

– Une grande danseuse, et alors ? Tu t'es trompé, Arsène, c'est ma mère qui est fascinée par tout ça. Depuis ma naissance, elle croit que je vais reprendre le flambeau. Mais moi, la danse, je m'en contrefiche. Il va falloir trouver autre chose…

Le lapin était impressionné par la façon dont sa nièce lui tenait tête. Cela pouvait être un bon choix pour se rendre à Holloway. Ah, l'instinct… C'était bien la seule chose qu'il n'avait pas perdue.

– Vingt pièces d'orcuivre, ça ira ?

La lapine sourit et tendit sa délicate patte grise.

– Tope là ! Laisse-moi aller prévenir mes cousines et je te suis.

– D'accord, mais pas un mot à quiconque.

À l'ombre des roseaux, Arsène s'interdit de penser aux implications morales de son geste. Débaucher sa nièce pour l'envoyer se balader à Holloway et discuter avec une loutre dont il ne savait finalement rien, sinon qu'elle était peut-être une redoutable espionne… Mais il y avait un temps pour tout, et il réserverait désormais la philosophie aux moments de méditation, le soir dans son lit. Contournant soigneusement son jeune neveu qui montait toujours la garde et dont Arsène apprit à l'occasion qu'il s'appelait Arsène en hommage à lui-même, ils regagnèrent l'embarcadère. Deux heures plus tard, ils arrivaient en vue d'Holloway.

13
Holloway

De ce qui se passa à l'intérieur de la prison pour femmes, Arsène ne put pas tout savoir. Isadora était bien trop maligne et ne lui raconta que le strict minimum. Pour elle aussi, la vérité semblait avoir un prix, et le lapin ne voulait pas dépenser tout l'argent qu'il lui restait à la faire parler. Alors qu'il écoutait son compte rendu, dans un café tenu par des rats musqués et où les familles des détenues se rassemblaient après les visites – mon Dieu, cette odeur atroce, mais au moins ça ne sentait plus l'*Hawaii Paradise* –, il ne put s'empêcher de sourire à la pensée de ce que dirait sa sœur Louise, si conventionnelle, en apprenant que sa fille au doux pelage gris et blanc, qu'elle croyait sagement en train de batifoler au bord de l'étang de Willowburn, venait d'entrer à Holloway pour discuter avec une loutre accusée de haute trahison.

Non, Arsène ne saurait pas comment la jeune Isadora avait pu tromper la vigilance des furets qui épiaient toutes les conversations et en apprendre autant sans attirer l'attention. Ce qui était certain, c'était que la loutre, elle aussi, était remarquablement douée. Le premier élément qui ressortait de cette conversation de haut vol, c'était que Lady O et Lottie étaient bien la même personne. La loutre savait déjà que Johnny avait été arrêté, et aussi qu'il n'avait rien à faire à Elsenor. Il n'y était emprisonné que pour faire pression sur elle et l'amener à parler en temps voulu. Arsène ressentit une pointe de jalousie à l'idée que cette inconnue en savait davantage que lui sur son ami, et d'agacement parce que Johnny croupissait là-haut à cause d'elle. Le second point, c'était qu'il n'était pas question de sortir immédiatement le géant des Flandres d'Elsenor, non seulement parce que c'était quasiment impossible – Arsène se demanda où était la marge de manœuvre, entre « quasiment » et « totalement » –, mais surtout parce que Johnny était là-bas idéalement placé pour apprendre des informations peut-être capitales pour ce que la loutre avait appelé la « Résistance ». Isadora ne semblait pas prendre la mesure de ce qu'elle racontait et Arsène se redressa sur ses pattes. Laisser Johnny pourrir en prison pour aider la Résistance ? Il commençait à la détester, cette loutre. Comment pouvait-elle supposer que Johnny voulait aider la Résistance ? Et surtout, au prix de sa vie dans un cachot ? Le géant des Flandres était amoureux comme un imbécile, mais, visiblement, la loutre en dentelles ne partageait pas ses sentiments. Isadora n'avait pas fini : il fallait libérer Lady O. Et, pour cela, contacter quelqu'un sous le Dôme. Mais qui, la loutre n'avait pas eu le temps de le dire : une sonnerie avait retenti, et le furet qui chronométrait la conversation avait bondi de son tabouret. La loutre n'avait pu que saluer Isadora de la patte avant d'être emmenée dans sa cellule.

Et il n'y aurait plus de nouvelle visite avant un mois, c'était la règle à Holloway.

Arsène commanda une seconde serpolette. Il avait bien envisagé la nécessité de faire libérer la loutre, mais il pensait que personne ne s'y attendrait : cela aurait été un coup grandiose, probablement très bien récompensé. Mais voilà que la loutre elle-même escomptait qu'il la sorte de prison, et ça l'agaçait. Face à lui, Isadora tendait sa petite patte, l'air candide, pour obtenir son salaire. Elle ne perdait pas le nord, celle-là. Même en oubliant les montres en or et les disques venus de Paris, si Arsène voulait continuer à payer ses informateurs et à consommer quelques biens courants, il fallait vraiment qu'il gagne de l'argent. Et il ne pouvait plus compter sur Firmin, il le sentait. Les pièces d'orpur de Lady O. n'étaient pas à négliger. Une fois libérée, elle accepterait peut-être d'entendre raison à propos de Johnny. À cette pensée, le lapin reprit une gorgée de serpolette : rien n'indiquait de toute façon qu'il fût possible de faire sortir Johnny d'Elsenor. Il paya la lapine, un peu effaré en voyant la joie qu'elle semblait éprouver à recevoir de l'argent. Quelle tristesse que cette puissance de l'argent… Il lui demanda ce qu'elle comptait en faire.

– C'est simple, j'économise pour pouvoir quitter ce clapier moisi.

– Vous avez une vie très confortable, à la campagne !

– Tu plaisantes ? On vit à quinze dans un clapier. Je n'en peux plus. On n'a le droit de sortir qu'en plein jour et, le reste du temps, oncle Albert nous barricade. Maman est devenue aussi peureuse que lui et papa ne dit jamais rien. La moitié de mes cousins sont aussi idiots que leur père. Et puis Willowburn, j'ai assez donné. Quand je viens en ville, je respire l'air de la liberté…

– Ça sent surtout la fumée et ces atroces parfums à la mode !

– C'est parce que tu es trop habitué à la liberté. Moi, ça me fait quelque chose.

– Mais, dis-moi, tu viens en ville si souvent ? Louise est au courant ?

– Oh, il suffit de prétexter un spectacle de danse. Albert n'est pas d'accord, bien sûr, mais maman est tellement triste d'avoir remplacé ses demi-pointes par sa robe de chambre qu'il n'ose pas insister. Je lui raconte en rentrant, j'ai beaucoup d'imagination, et ça la rend heureuse…

– Beaucoup d'imagination ? Je vois… et tout ce que tu viens de me raconter, ce n'est pas de l'imagination, par hasard ?

La lapine se raidit, et une ombre plana sur son museau.

– Tu n'as pas le droit de dire ça. Il s'agit de sujet graves. Il s'agit de la Résistance.

– Et tu sais ce que c'est, toi, la Résistance ?

– Tout ce que je sais, c'est que June, la mère de ma meilleure amie, a été bouffée par un renard…

– En ville, on dit « manger ».

La lapine ne se vexa pas pour autant et poursuivit :

– Je refuse que nous continuions à vivre dans la terreur. Et cette Lady O m'a beaucoup plu.

Arsène sifflota d'admiration. Eh bien, sa nièce n'avait pas froid aux yeux et semblait sacrément déterminée, pour une jeune lapine des faubourgs. Décidément, les chats faisaient parfois des chiens, et les lapins couards pouvaient produire des aventurières. C'était le sang de son grand-père qui devait couler dans les veines d'Isadora, ou bien encore l'un des miracles de l'évolution. Il la raccompagna tout de même jusqu'au débarcadère, content du succès de son idée. Il ne restait plus qu'à se rendre sous le Dôme. Hélas ! il n'aurait pas à s'inquiéter de la salopette de Johnny, cette fois.

Pas de temps à perdre en lucernum, serpolettes ou pissenlit frais. Pourtant, Arsène commençait à fatiguer d'être debout du matin au soir et de traverser Londinium dans tous les sens. Il s'arrêta quand même chez le hérisson pour aller chercher sa redingote enfin recousue. La chaleur était devenue insupportable sous la peau de taupe et il voulait quelque chose de discret pour arpenter le Dôme. En face, au *Black Crow*, le manège habituel : des renards entraient et ressortaient, mais à présent plus aucune proie ne restait à proximité d'eux. Les gens se méfiaient, Arsène le sentait. Le hérisson travaillait désormais porte fermée, le bouton commandant la descente de la grille à portée de sa patte griffue, pour pouvoir se barricader si le besoin s'en faisait sentir. Difficile de résister quand les prédateurs s'emballaient. Et pourtant, c'était là tout l'intérêt de Londinium que d'éviter cette situation. Arsène regretta de n'avoir pas fait une pause lucernum. En plus des battements désordonnés de son cœur de lapin, une angoisse sourde sur les temps à venir lui étreignait désormais la gorge plusieurs fois par jour. Mais si tous cédaient à l'angoisse, le mal aurait gagné. Le mal... Mais savait-on seulement ce qu'il était, ce mal ? Est-ce qu'il y avait autre chose que la pression montante de la population avide de liberté, débarquant de partout dans le monde et débordant les rives et les terriers ? Autre chose que cette chaleur étouffante qui s'accroissait chaque année et poussait les uns et les autres à chercher la fraîcheur, un peu plus profond dans le sol de cette ville ? Est-ce que vraiment la reine pouvait être mêlée à tout cela ? Faute de réponse, il changea de redingote, félicita le hérisson pour son travail remarquable et grommela en lui réglant la note exorbitante que ce dernier en profita pour lui tendre. Il repartit en trottinant, redingote en taupe empaquetée sous le bras, et emprunta l'Élévateur nord. Il fallut déballer tout le paquet savamment ficelé devant le furet de la Grille qui soupçonnait l'« importation de quelque bien interdit ». Arsène ne jugea pas utile d'insister sur le fait que rien ne régulait les entrées de marchandises sous le Dôme : on ne négociait pas avec les furets, et peut-être qu'une nouvelle loi avait encore été promulguée, interdisant aux lapins d'y introduire des redingotes ? Une fois la grille franchie, il réfléchit enfin. Comment s'y prendre ? Il fallait retrouver la famille de mendiants roux. Il y avait bien quelques humains devant l'église Saint-Maurice, des oisifs qui sortaient leur montre à gousset, qui saluaient du chapeau et discutaient du sermon qu'un prédicateur venait de faire. Arsène essaya de ne pas écouter les histoires d'animaux menaçant d'envahir le pays et autres balivernes. Il se dirigea vers le *Two Ducks*, où il n'apprit rien de plus. Oreilles tombantes, il alla s'asseoir dans le square Mirmont pour profiter de la fraîcheur des fontaines.

Comment n'y avait-il pas pensé avant ? Il ne devait jamais oublier que la solution était parfois la chose la plus simple qui se présentait devant ses yeux. La gamine au chapeau de paille qui l'avait observé lorsqu'il était venu chercher Lottie la première fois était là. Et elle l'avait vu, ça ne faisait aucun doute. Elle poussait d'un bâton son cerceau de bois, en cercles concentriques qui se rapprochaient de plus en plus d'Arsène tapi sous un banc dans les arômes de pétunias. Sa nurse était absorbée dans une de ces discussions animées que partout dans le monde les nurses ont entre elles, comme si la compagnie des enfants ne leur suffisait jamais. Arsène avait observé beaucoup de scènes de parc, et il ne comprenait pas que les adultes humains ne consacrent pas davantage de temps à leurs enfants. À force de les considérer comme des moins que rien, ils en faisaient des êtres mal éduqués, des êtres frustrés capables d'écouter les premiers prédicateurs venus... Deux grandes chaussettes bien tirées étaient maintenant devant ses yeux, alors que la fillette s'était assise sur le banc. Elle sifflota un air qu'Arsène ne reconnut pas puis se mit à marmonner. Arsène bénit son ouïe remarquable alors qu'il déchiffrait ce qu'elle racontait. Elle pouvait faire libérer la loutre. Son père lui passait tous ses caprices, et il était un personnage, comment dire... puissant. Mais la faire libérer seule pouvait attirer l'attention, non seulement sur la loutre, mais aussi sur elle. Elle avait donc inventé un stratagème : demander à organiser des joutes privées pour son anniversaire qui approchait, le 31 mai. Des joutes avec des équipes féminines, bien sûr. Or, quelle femelle loutre accepterait de participer à des joutes ? Arsène sourit en imaginant la scène. Aucune d'entre elles n'avait jamais été invitée à participer et de toute façon les femelles ne se livraient pas à ce genre d'activités futiles, c'était comme ça. La fillette continua : si son père voulait lui faire plaisir, il n'avait pas le choix, il fallait recruter des jouteuses à la prison de Holloway. Il éviterait ainsi le scandale : qui se souciait de rebuts de la société ? Ce n'était pas pire de jouter que de croupir en prison, où elles retourneraient dès le match terminé. Ce serait une opération discrète. La joute aurait lieu dans huit jours, sur la West River dont son père faisait aménager une berge pour l'occasion. Arsène se demanda quel pouvait bien être ce père si puissant, capable de faire remanier les environs et d'emprunter des prisonnières pour le seul plaisir de céder aux caprices de sa fille. Mais il ne se risqua pas à parler. La fille semblait ignorer que le lapin en était capable, et il n'était pas sûr d'être compris par tous les humains aussi bien que par Firmin, son seul interlocuteur du genre. Le lapin n'avait qu'une chose à faire : soudoyer les castors ou les ragondins ou qui que ce fut qui s'occupât des travaux d'aménagement de la berge, et s'assurer que Lady O puisse fuir pendant la joute. C'était compliqué, dangereux en cas d'échec, mais c'était une solution et il n'en avait pas d'autre à proposer. Les souliers vernis devant lui se balançaient en rythme. Qui que fût la fillette, elle ne manquait pas d'assurance. Décidément, Arsène devrait peut-être réviser son jugement sur la gent féminine. Il bouillait de savoir pourquoi la gamine était impliquée dans cette histoire, mais il ne pouvait pas le lui demander. Comme si elle avait lu dans ses pensées, elle précisa :

– Vous devez vous poser beaucoup de questions, si vous n'avez pas déjà répondu à toutes... Disons que les enfants se serrent les coudes. Y compris les enfants de mendiants et les enfants de princes. Nous n'aurions rien à gagner à la fin de l'Intégration, sinon davantage encore de mépris de la part des adultes humains pour les êtres plus faibles qu'eux. Regardez mon père : il a dit oui à tout, sans se poser la moindre question. Il croit que je suis le genre d'enfant capricieuse capable de réclamer pour son bon plaisir qu'on sorte de pauvres filles de prison pour les faire se battre dans la rivière. Et ça ne le gêne pas... Non, je ne peux pas vous dire qui est mon père, si vous ne le savez pas déjà. Ce n'est pas utile, et ça risquerait de vous empêcher de travailler aux mieux. Bon courage, lapin. Je compte sur vous le 31 mai...

Elle se leva d'un bond et disparut parmi les bérets à pompon et les chapeaux enrubannés de la foule piaillante, poussant son cerceau, redevenant une enfant insouciante parmi tant d'autres.

Arsène attendit un instant, résista à la tentation de mâchouiller un peu d'herbe fraîche, envie accentuée par l'odeur artificielle qui dominait même en plein jardin public.

Cela faisait des heures qu'il n'avait rien consommé et il était urgent de ronger quelque chose. Mais c'était tellement cher, sous le Dôme ! Voilà qu'il devenait pingre. Il fallait vraiment qu'il fasse libérer cette intrigante. Il se demanda combien cela pourrait lui rapporter. Sûrement assez pour rembourser le petit en-cas de marjolaine qu'il finit par commander en soupirant, accoudé au bar du *Two Ducks*. L'argent qu'il dépensait pour la serpolette ne lui semblait jamais un obstacle. Mais dépenser autant pour manger, c'était autre chose. À cela aussi il faudrait peut-être réfléchir. En attendant, il commanda une seconde chope. Il savourait l'amertume de la boisson en se demandant ce qu'était devenu le jeune mendiant roux, et si c'était à lui que la fille avait fait allusion en parlant de fils de mendiants et de fils de princes, quand la suite de ses aventures lui fut, une fois de plus, servie sur le zinc, à défaut d'un plateau d'argent, et, hélas, dans une puanteur à peine tolérable.

Deux castors venaient de se hisser sur les tabourets du comptoir, leurs larges queues luisantes battant avec fracas contre le bois. Il était aussi rare de voir des castors au *Two Ducks* que dans les Terriers Rouges. Encore un effet de la surpopulation. Et ils avaient bien besoin de boire, eux, si on en croyait leurs voix caverneuses. Huit heures qu'ils étaient au boulot. On avait pas idée… Aménager la berge pour un spectacle ! Les riches se mettaient aux jeux d'eau et, bien sûr, ils restaient loin de la East River… Quels jeux ? demanda la cane derrière son comptoir. Oh, on ne savait rien de précis, répondirent les castors, se coupant sans cesse la parole, sinon qu'il fallait que l'enclos et les gradins soient terminés pour le matin du 31 mai. Le 1er juin, dès l'aube, on démontait tout. Du temporaire, mais grand luxe. Pas du temporaire de ragondins ou de rats musqués… De toute façon, la cane ne risquait pas d'y assister, vu que les invités seraient triés sur le volet. Le commanditaire était resté évasif, mais c'était un furet, alors ils n'avaient pas insisté. En tout cas, ils avaient été grassement payés. Il faut dire, il y avait du boulot… Ils commandèrent une seconde tournée. Ce n'est qu'à la cinquième tournée qu'Arsène jugea bon de les aborder. Il savait qu'il ne devait pas leur faire confiance : ils parlaient trop. Il expliqua qu'il cherchait justement un contremaître pour des travaux privés. Pourraient-ils lui indiquer le nom et l'adresse ? Quelques dizaines de minutes plus tard, Arsène abordait le gros castor chargé des travaux, un être qu'il trouva arrogant et trop fier de son ouvrage pour accepter d'y faire un trou volontairement, même pour beaucoup d'argent. Le lui demander risquerait d'éveiller des soupçons et le castor ferait tout pour empêcher qu'on abîmât son travail. Le hasard et l'instinct parfois ne suffisaient plus, et il faudrait se débrouiller autrement. Il restait au lapin huit jours, un peu d'argent et une énorme fatigue.

Il franchit la grille du Dôme en traînant les pattes. Il prit l'Élévateur pour redescendre, et se laissa quasiment glisser jusqu'à son terrier. La journée avait été trop longue, il ne se sentait pas de force pour la philosophie, ni, et c'était plus inquiétant, pour sa pipe de lucernum. Il regarda l'énorme montre dont les aiguilles n'avançaient plus et décida de remettre cela aussi au lendemain. C'est donc fourbu et passablement déprimé qu'Arsène sombra dans un sommeil physiquement réparateur à défaut d'être plaisant, puisqu'il fut peuplé de cauchemars mêlant sa mère, des geôles terrifiantes et des rivières aux flots noirs.

14
Le 31 mai

La dépression n'a qu'un temps, sinon elle ne sert à rien. C'est en tout cas ce que pensait Arsène, signe qu'il n'était peut-être pas vraiment dépressif. Ou que les dépressions des lapins n'avaient pas grand-chose à voir avec celles des humains. Ainsi, le lendemain matin, il décida d'ignorer le bruit pour continuer à dormir et, miracle, il y parvint. Enfin reposé, il se leva au moment où cessaient les percements et procéda à la toilette la plus minutieuse qu'il eût accomplie depuis des mois. Il dégusta un bol de poudre parce que les récents changements de régime ne semblaient pas avoir uniquement des effets bénéfiques. Ce qui advenait autour de lui avait peu à voir avec ce qu'il mangeait ou qu'il ne mangeait pas, mais le reconnaître aurait été admettre le poids de la fatalité. Et ça, ça pouvait vous renvoyer au lit en moins de deux. Non, il chantonna en remettant sa montre à l'heure et en enfilant sa redingote reprisée, et il se dirigea à pas réguliers vers le terrier de Johnny. Les lapines l'accueillirent avec de grands sanglots, elles s'inquiétaient, et il eut le plaisir de les rassurer : Johnny était en vie et Arsène faisait tout pour accélérer sa sortie de prison. Il s'en était lui-même persuadé, ce ne fut donc pas difficile de les convaincre à leur tour. Il ne leur parla pas de la loutre, car Flopsy lui semblait avoir des cernes plus marqués que ses colocataires. Cela confirmait un attachement émotionnel plus marqué au géant des Flandres, et Arsène tenait à rester un être délicat qui ne blesse pas inutilement les sentiments des femelles.

La chaleur suffocante de l'extérieur faillit avoir raison de sa détermination mais c'était pour lui une règle d'or que de tout faire pour ne pas se laisser influencer par les conditions météorologiques. Déboutonné, il atteignit le *Sad Possum* pour y faire ce que la nuit lui avait conseillé, à savoir attendre le castor qui lui avait quelques jours auparavant transmis le message codé de Lottie. Les castors finissaient toujours par venir boire, et d'ailleurs c'est ce qu'il allait faire, lui aussi. À la troisième serpolette, il s'offrit un peu de Joséphine Baker. La vie avait parfois du bon, comme il l'expliqua à Jeff qui grognait en entendant les premières notes de la *Tonkinoise*. Quand enfin le castor montra le bout de son museau, Arsène était très détendu et avait presque oublié les malheurs de Johnny. Il se dirigea lentement vers le juke-box et fit mine de chercher une chanson, tout en jetant des œillades au castor jusqu'à ce que ce dernier comprenne qu'il voulait lui parler. En quelques mots, le lapin expliqua qu'il s'agissait de saboter une partie de l'enclos sécurisé sur un bassin attenant à la West River réservé aux joutes privées qui se tiendraient le 31 mai. Si l'enclos pouvait ainsi communiquer directement avec la rivière, ce serait idéal. En disant cela, Arsène se rendit compte qu'il n'avait pas prévu la suite de l'évasion de la loutre : une fois dans la rivière, il lui faudrait passer la grille qui la traversait et marquait l'entrée et la sortie de Londinium, exactement comme pour les piétons et les automobiles. De plus, les furets seraient immédiatement informés de son évasion, à moins qu'elle ne soit particulièrement rapide : ils attendraient tous à la grille fluviale. Quel imbécile, il aurait dû aller repérer les lieux et imaginer une sortie en dehors du Dôme. Il n'avait jamais réfléchi à ça : est-ce que le ministère du Grand Intérieur y avait réfléchi, lui ? Pouvait-on trouver des sorties souterraines au Dôme ? Il se contenta de préciser au castor qu'il faudrait peut-être imaginer une échappée terrestre après avoir rejoint la rivière. Le castor ne répondit rien mais glissa un ornickel dans la machine. La voix de Memphis Minnie piailla *« Can I do it for you ? »*, ce que le lapin comprit comme une réponse. Le castor acceptait de se charger de l'affaire. Les autres membres de la Résistance l'aideraient probablement et Arsène n'avait même pas besoin de le payer. Il faisait ainsi d'une pierre deux coups. Il aurait pu conclure qu'il n'avait pas fait grand-chose, mais il avait été le point de contact entre la loutre, la Résistance et la petite fille qui avait élaboré un plan. Il était le pion essentiel.

Dans la conversation qu'il eut ensuite avec Jeff, à l'abri des oreilles de castor, il commenta la météo : quelle chaleur ! Ces pauvres habitants privilégiés du Dôme allaient finir par rôtir sous leur verrière... Comment faisaient les animaux ? Pouvaient-ils au moins creuser quelque part pour se mettre au frais ? Pourquoi n'avait-on pas pensé à un système de galeries pour eux ? Jeff rigola.

– Oh, bien sûr qu'on y a pensé ! Mais tu imagines, si on commençait à creuser là-dedans, comment pourrait-on contrôler les galeries ? C'est sans fin, une galerie… Ça débouche où on veut ! Alors, interdiction pure et simple de creuser. Et les furets surveillent les parcs et les jardins. Tu ne t'es jamais posé la question ?

Arsène détestait être pris en défaut. Décidément, ces aventures pour libérer la loutre le menaient bien loin : il n'avait pas l'habitude de se sentir bête, lui qui réfléchissait à tout. Mais s'il n'avait jamais pensé à ça, c'était simplement parce que peu d'animaux vivaient sous le Dôme et que jusqu'à présent ils ne le souhaitaient pas particulièrement. Mis à part les berges de la rivière, les lieux étaient policés, à la fois calmes et trop pleins de furets et d'humains, et artificiels avec cette senteur qu'on diffusait nuit et jour. Les animaux s'y sentaient observés. Jeff poursuivit :

– Remarque, tu penses bien qu'il y a des rumeurs… On dit qu'il y a un tunnel là-dessous… Creusé au moment de la création du Dôme, pour que le roi Albert puisse obtenir discrètement certaines choses que lui procuraient des animaux – alcool, drogues diverses et même, dit-on, de la viande, alors que la reine mère lui interdisait absolument tout. Une calomnie de plus contre la pauvre Victoria, qui a pourtant fait tellement pour nous… Enfin, ça doit être rebouché maintenant. Les habitants du Dôme peuvent continuer à rôtir, on va pas commencer à les plaindre, si ?

Arsène essaya de se rassurer : s'il y avait un tunnel ou une galerie, les membres de la Résistance seraient probablement au courant. Quand on résistait, on connaissait ce genre de choses. Et puis, sinon, ils creuseraient ce qu'il fallait au bon endroit. Ils n'allaient pas laisser leur cheffe coincée dans la rivière.

Il ne lui restait donc plus qu'à attendre. Arsène consacra les jours suivants à dormir, boire, et fumer du lucernum. Il termina le *Tractatus logico-philosophicus* de Wittgenstein et enchaîna avec la relecture du *Tractatus theologico-politicus* de Spinoza, écrit deux cent cinquante ans plus tôt. Il appréciait particulièrement la partie consacrée à la défense des droits de chacun à philosopher dans la cité. La liberté de penser, que ces hommes avaient dû arracher à l'Église et à la domination religieuse, parfois au péril de leur vie, ressemblait beaucoup à celle que les animaux revendiquaient désormais auprès des humains. Penser, manger, dormir, c'était la chose la plus sage à faire afin de prendre des forces pour ce qui suivrait la libération de la loutre, et de ne pas attirer l'attention sur lui. Bien sûr, il ne savait pas si la loutre serait informée de la possibilité qu'elle aurait de s'échapper. Mais elle avait déjà communiqué avec le castor une première fois, et on pouvait imaginer que celui-ci réussirait à lui faire parvenir un message jusqu'au cœur d'Holloway, par le même biais. Et quand bien même, la loutre n'était pas idiote : elle comprendrait sûrement ce que ces joutes avaient d'exceptionnel. Elle serait vigilante tout au long du trajet, et ensuite dans le bassin, cherchant un trou par lequel s'échapper. Le plan était infaillible et Arsène refusait d'admettre qu'il n'avait pas fait grand-chose sinon se trouver au bon endroit au bon moment.

Le 31 mai arriva enfin. Les journées printanières se déroulaient désormais dans une chaleur estivale, et le soleil était déjà haut quand Arsène, vêtu de sa veste en seersucker et d'un chapeau melon, à défaut de canotier, passa prendre Flopsy, Mopsy et Topsy. Elles s'étaient confectionné des robes en coton léger pour l'occasion. Mopsy, qui était plus coquette que ses sœurs – « raffinée », disait Arsène –, avait ajouté des dentelles au col et aux manches, et portait un petit chapeau à voilette dont Arsène observa avec jalousie qu'il tenait parfaitement sur ses longues oreilles. Mopsy ne ratait pas une occasion de se moquer de lui et elle fit d'ailleurs une remarque sur l'absence de canotier, demandant si le chapeau avait définitivement glissé. Flopsy avait l'air aussi excitée que ses sœurs, et Arsène la trouva bien légère, alors qu'il s'attendait à devoir la consoler. Mais les animaux ne s'humanisaient pas tous au même rythme, et il était probable que les lapines ne passaient pas, comme lui, leurs journées à se lamenter sur la captivité de Johnny. Pendant tout le trajet jusqu'au Dôme, il se dit qu'il s'était montré, lui aussi, bien léger. C'était sur la foi du titre d'une chanson qu'il avait déduit que le castor s'occupait de tout. Une chanson ? C'était absurde, tous les castors aimaient le blues et les chansons à la mode, il n'y avait peut-être aucun message dans ce choix. Cela faisait beaucoup d'argent qui risquait de lui échapper si l'évasion échouait.

Il ressentait une forme d'angoisse à l'idée que cette loutre n'hésiterait pas à le punir s'il ne la libérait pas comme prévu. Le punir ? Une loutre, punir un lapin comme lui ? Pourquoi pensait-il des choses pareilles ? Cette femelle menait la Résistance, et il la craignait ! C'était absurde ! Il faut dire que l'idée d'une femelle menant quoi que ce soit lui inspirait d'étranges sentiments. Les femelles ne pouvaient faire autre chose que de rester sagement dans un terrier à préparer un nid, à accoucher ou à nourrir des enfants. Évidemment, les lois de Londinium, en limitant les naissances, changeaient lentement la donne. Certaines femelles ne considéraient plus la maternité comme leur principale occupation. Et voilà que l'une d'entre elles décidait de s'occuper de politique et que de nombreux animaux, réunis à la *Boule Noire*, semblaient trouver ça tout à fait normal. Oui, cela faisait peut-être peur à Arsène. Il devait se ressaisir. Le cœur du lapin trépidait et la transpiration perlait sur ses pattes. Ou alors c'était la chaleur ? Celle-ci devenait intenable, et c'est aussi ce que semblait penser le prédicateur, fidèle au poste devant l'église Saint-Maurice, et qui cette fois accusait les animaux, par leur nombre, de faire monter la température des rues. Pas étonnant qu'il fasse chaud, avec toutes ces plumes et ces fourrures qui circulaient !... Le discours était aberrant, mais les habitants du Dôme écoutaient religieusement. Il fallait donc à présent trouver des coupables à la chaleur. Les épaisses parois de verre du Dôme fonctionnaient comme une serre et cela permettait de maintenir un climat tempéré même quand le blizzard soufflait en ville, balayant l'entrée des terriers.

Mais le système de refroidissement n'était pas encore au point, pour la bonne raison qu'il n'avait jamais été nécessaire et que la délicate construction n'avait pas été pensée pour y intégrer tous ces tuyaux et appareils réfrigérants que le maire essayait de faire installer, soucieux de contenter ses habitants les plus prestigieux, et notamment la plus importante de tous, Sa Majesté la reine Henrietta. Tout cela était bien connu, mais on ne perdait plus une occasion d'accuser les animaux.

Le public sur les gradins le long du bassin était entièrement constitué d'humains, pour la plupart des enfants, soigneusement vêtus, coiffés, chapeautés. C'était étrange de constater que le spectacle parfois violent des joutes était devenu un amusement anodin et raffiné sous le Dôme. Deux petites tribunes avaient été érigées pour les animaux, qui se pressaient dans un grand désordre, poussant de la patte ou du museau pour mieux voir ce qui se passait dans l'étendue d'eau centrale. Arsène se mit sur un côté, serrant contre lui les lapines qu'il devina apeurées, agitant leurs éventails. Peu d'habitants du Dôme avaient déjà assisté à des joutes, ils ne se rendaient jamais à celles de l'East River, certains ne sortaient même pas de sous leur coupole de verre. L'excitation était donc à son comble quand la petite fille, qui fêtait aujourd'hui son anniversaire au moyen de cet événement dispendieux, fit son entrée dans la loge érigée en surplomb du bassin. Elle avait précisé à Arsène qu'elle était la fille d'un personnage important. Mais, bien entendu, jamais le lapin n'aurait imaginé que derrière cette poupée aux anglaises soigneusement fixées au fer à coiffer – un peu comme des feuilles de fougère en train de se déployer – il y aurait cet homme qui s'approchait et venait poser une main paternelle sur son épaule. Un homme de haute taille, en veste couverte de décorations militaires et la moustache fournie. Acclamé par des vivats, Sa Majesté le prince Arthur, fils aîné de la reine, saluait la foule en retour. Arsène comprenait maintenant comment la fillette avait pu obtenir tout ce qu'elle voulait : elle était la fille du prince Arthur. Le prince était fou de cette enfant unique – comment s'appelait-elle déjà, Esther ? – et il avait, en effet, tout pouvoir. Arsène était pris de tremblements rétroactifs au souvenir de sa rencontre récente dans le square Mirmont avec celle qui n'était donc nulle autre que la fille de l'héritier direct de la couronne britannique, ce qui faisait d'elle la deuxième en ligne pour la succession. Il n'avait pas fait la moindre révérence, il s'était contenté de rester sous un banc à regarder les longues chaussettes de l'enfant.

Heureusement, les loutres faisaient leur entrée et mirent fin à ces émotions. Elles étaient un peu perdues au moment où elles déboulaient dans l'eau depuis le petit tunnel dans lequel elles avaient été déposées à la sortie d'un fourgon blindé venu de la prison, tunnel qu'on avait construit une dizaine de mètres en amont afin d'éviter que les criminelles ne soient trop proches du public. Certaines n'avaient pas eu le loisir de nager depuis des mois, devant se contenter de la minuscule mare vaseuse que l'on réservait à Holloway aux animaux amateurs de vie aquatique, et elles retrouvaient leurs réflexes avec plaisir, fonçant d'un côté ou de l'autre du bassin. Et peut-être aussi, se dit Arsène, avec une douleur amère à la pensée que, dans quelques heures au plus, elles allaient devoir retourner en captivité. Toutes, sauf une. Comment allait-il reconnaître Lottie ? Il lui sembla évident qu'il s'agissait de cette loutre qu'il voyait évoluer sur le côté opposé : son pelage était légèrement plus foncé que celui de ses congénères et n'en brillait que davantage sous le soleil au zénith, tandis que ses mouvements étaient particulièrement fluides. Sa tête était plus étroite que la moyenne et Arsène, qui n'aimait pas les têtes trop aplaties, reconnut qu'elle était plutôt jolie, si l'on pouvait user d'un tel qualificatif pour une loutre. Quand elle se tourna, il vérifia qu'un O ornait son dossard jaune. C'était bien elle. Certains individus étaient comme ça, ils sortaient du lot sans que l'on puisse expliquer pourquoi. Quelque particularité physique devait les conforter dans l'idée qu'ils étaient différents, et ils se comportaient ainsi. Le lapin comprit mieux la fascination exercée par Lady O sur Johnny.

Devant eux, l'équipe au dossard violet finissait de se mettre en place. La fillette dans la loge fit un geste solennel de sa petite main gantée et un lâcher de ballons marqua le coup d'envoi, au lieu des sifflets stridents de la East River. Bien sûr, Lady O était la *master* de l'équipe jaune et elle monta prestement sur le tronc avant de saluer la foule, au grand dam d'Arsène. Il n'y avait pas de choix moins discret pour disparaître que d'être l'objet de toutes les attentions pendant la joute. Cette loutre manifestait beaucoup d'arrogance. Est-ce qu'elle avait échafaudé son propre plan ?

En tout cas, le lapin était de plus en plus inquiet pour le déroulement du sien, si l'on pouvait appeler «plan» ce vague projet d'évasion qu'il avait entièrement délégué à un castor inconnu. Son mouchoir ne suffisait plus à éponger la sueur. Il essaya de se laisser distraire par la joute en cours. La *master* des violettes était une loutre trapue, dont le pelage portait la trace de nombreuses cicatrices. Cette brute tenace restait cramponnée à son tronc, tandis que Lady O, agile et légère, semblait danser dans les airs. Les enfants applaudissaient, les parents souriaient, les animaux poussaient des cris divers et Arsène se sentit vaguement coupable de contribuer à mettre fin à cette belle journée d'anniversaire parce que, lorsque la loutre s'évaderait, ce serait la panique. Il se demanda qui allait gagner le combat et à quel moment elle pourrait disparaître. Avait-elle repéré le trou par lequel s'échapper ? Et comment être sûr qu'aucune autre des prisonnières ne le trouverait avant elle et n'en profiterait pour s'y faufiler, attirant immédiatement l'attention des furets et mettant fin aux possibilités d'évasion de Lady O ? En tout cas, elle ne risquait pas de faire semblant de perdre, elle paradait sur son tronc comme si de rien n'était. L'excitation montait quand, soudain, la loutre glissa en arrière. La *master* des violettes leva les pattes au ciel dans un geste triomphant au milieu des hourras mais dut vite les baisser : il se passait quelque chose du côté de Lady O. Elle s'était blessée en tombant, du sang poisseux maculait sa fourrure et deux loutres de son équipe se pressaient autour d'elle pour lui prodiguer des soins. Des enfants se mirent à pleurer, tandis que les loutres se serraient près d'une des tribunes, en quête d'un appui où soigner leur capitaine. Arsène se hissa sur ses pattes arrière pour tenter de mieux voir ce qui se passait, mais, quand il aperçut enfin le coin où s'étaient réfugiées Lady O et ses deux infirmières, il n'y avait plus que des remous et de grands cris. Les enfants interrogeaient : où étaient les loutres ? Est-ce qu'elles s'étaient noyées ? Arsène comprit immédiatement. Les loutres ne reviendraient pas. Lady O avait osé fuir non pas seule, mais accompagnée de deux comparses. Ce n'était absolument pas prévu. Mais qu'était-il prévu, après tout ? Qu'en savait-il ? Peut-être qu'il était prévu de détourner ainsi l'attention de la fuite de Lady O ? Peut-être que les deux comparses seraient sacrifiées aux furets traqueurs pendant que Lady O gagnait l'air libre ? Lui, on l'avait utilisé pour donner l'ordre de creuser un trou et de cisailler des filets, rien de plus. Dans la loge, on s'agitait. La petite princesse pleurait – quelle comédienne, pensa Arsène – tandis que son père furieux enjambait les convives pour aller donner des ordres aux furets en faction à l'extérieur. C'était tellement facile. Comment n'avaient-ils pas pensé qu'il y aurait une tentative d'évasion ? Certes, les humains ne pouvaient pas vérifier les ouvrages subaquatiques des castors, et quelques humains faisaient naïvement confiance aux souhaits de leurs enfants, en ne prêtant pas attention aux mesures de sécurité que de tels caprices exigeaient. Arsène s'attendrit presque. Est-ce que le prince ne serait pas par la suite plus strict avec sa fille ? Dans l'eau, les loutres étaient dépitées. La *master* violette restait allongée sur son tronc, pattes ballantes. Des furets s'étaient postés au-dessus de l'endroit où les trois prisonnières avaient disparu, montrant les crocs et dissuadant d'autres participantes de tenter la même aventure. L'équipe violette voulait célébrer sa victoire, les jaunes ne savaient que faire. La gouvernante de la princesse s'empara du micro en tremblant et, bravant les interdits réservés à son sexe – depuis quand une femme faisait-elle une annonce publique avec un microphone ? Seule la reine pouvait se le permettre ! –, elle expliqua que la joute était close, compte tenu de circonstances exceptionnelles. Les prisonnières devaient regagner leur tunnel. Mais la gouvernante n'eut pas le temps de finir sa phrase : les protestations fusaient, et les enfants se mirent tous à pleurer. Alors la princesse Esther se leva, fit un geste de la main qui entraîna le silence et prit le micro à son tour, ce qui amena la gouvernante au bord de l'apoplexie. La princesse expliqua qu'elle remettrait elle-même le trophée à l'équipe gagnante puisque l'équipe des jaunes déclarait forfait. Les loutres encadrées de furets grimpèrent maladroitement sur les gradins et les petites mains gantées de la princesse attrapèrent l'énorme coupe de crustacés pour la tendre à la *master*, cette loutre qui avait dû commettre bien des crimes atroces, tandis que la gouvernante s'évanouissait et que le prince revenait en courant, mais trop tard pour intervenir. Il feignit un sourire et entraîna vivement sa fille derrière lui. Arsène était impressionné par le courage et le sang-froid de cette dernière. Il en avait presque oublié les trois lapines sidérées à ses côtés et dut les rassurer. Non, les loutres échappées ne risquaient pas de s'en prendre à elles, pourquoi donc des loutres attaqueraient-elles des lapines ?

Elles étaient sûrement loin, à l'heure qu'il était. Une évasion comme celle-ci se préparait des mois à l'avance, des tas de complices avaient dû les aider… Il n'avait aucun scrupule à raconter n'importe quoi. Si tout se passait bien, les castors avaient creusé suffisamment loin pour que la loutre puisse se retrouver à l'air libre, à l'abri des regards.

Il avait raccompagné les lapines. Quand ils avaient franchi la grille du Dôme vers l'Élévateur nord, ils avaient vu les nombreux furets qui fouillaient, farfouillaient, contrôlaient avec un zèle redoublé. Comme si la loutre allait tranquillement passer devant eux en tenue de joute… Dehors, les rues bruissaient de rumeurs : ce n'était pas tous les jours qu'une prisonnière s'échappait de Holloway. Et pendant un anniversaire princier, en plus ! Cela donnait à réfléchir, en tout cas à cancaner : est-ce que le prince Arthur, qui aimait tant les animaux, ne serait pas derrière tout cela ? Qu'allait faire la reine ?

Arsène était un peu vexé d'entendre dire que la libération de la loutre était attribuée au prince Arthur ou à d'autres, même par les lapines, qu'il laissa à la porte de leur terrier. Tout cela, c'était quand même grâce à lui, et il pouvait commencer à penser à une nouvelle montre, peut-être même à quelques disques… Combien de pièces d'orpur valait la liberté ? La liberté valait-elle plus que la vérité ?

Ce furent les questions qui agrémentèrent sa séance de philosophie de la nuit, alors qu'il fêtait son succès en silence, allongé au *Lampion d'or*, dont le nom lui sembla ce soir-là augurer mille richesses à venir.

15
Le pont des pendus

Les percements n'étaient plus qu'un vague ronronnement dans l'esprit embrumé d'Arsène, et il dormit jusqu'au début de l'après-midi, puis se reposa encore jusqu'au soir. Il avait des semaines de sommeil en retard. Il acheta le *Londinium Times* dès qu'il fut à l'air libre. La tête de la loutre s'affichait à la une, une photographie prise lors de son entrée à la prison de Holloway. Ses yeux perçants fixaient le lecteur avec arrogance. « Cette loutre est accusée de haute trahison », précisait la légende. L'article soulignait qu'on n'avait retrouvé aucune trace de l'animal, dont les furets avaient rapidement perdu la piste. Le *Londinium Times* ne faisait que suggérer : c'était un journal somme toute très respectueux du pouvoir, qui n'accuserait pas les furets d'inefficacité, pas plus qu'il n'incriminerait le prince Arthur. Il se contentait de rapporter sobrement ce qu'il s'était passé. D'autres journaux étaient moins prudents : le *Daily British*, à la diffusion nationale, n'hésitait pas à parler de « graves dysfonctionnements dans l'utopie londiniste », les animaux y étant incapables de se surveiller entre eux, tandis que le *Morning Sun* insistait sur les liens entre l'évasion et le prince, si soucieux du bien-être de ses amis poilus. Arsène n'avait pas imaginé que cette femelle pourrait susciter tant de remue-ménage. Il n'aimait pas ça et pourtant, il devait bien admettre que tout cela arrivait grâce à lui. Il fallait plutôt se concentrer sur les pièces d'orpur à venir, ça le consolerait. Et aller les chercher, ces pièces. La loutre finirait forcément par se montrer à la *Boule Noire*, maintenant qu'elle était libre. À la pensée des pièces d'orpur, il s'offrit une botte de pissenlit sur le trajet. Mais, au lieu de méditer, il se concentra sur les sensations du crépuscule, cette heure que les lapins adoraient car ils sentaient poindre leur énergie renouvelée. Ce soir, même les effluves d'*Hawaii Paradise* et de Brillato ne l'incommodaient plus.

En arrivant aux abords de la *Boule Noire*, il fut très surpris de voir des barrières de sécurité et des agents de police municipale secondés de furets. Décidément, les bons moments étaient désormais comptés. Il s'approcha aussi près qu'il le put et glana des bribes d'information : le gérant avait été retrouvé mort derrière son comptoir, le matin même. Égorgé par un animal. Arsène tenta de garder son calme. Quelle coïncidence, disaient les uns et les autres, cela se passait juste le jour où la loutre à la tête de la Résistance qui se réunissait à la *Boule Noire* s'était échappée… Arsène pensa la même chose. Mais elle ne pouvait quand même pas être responsable du meurtre d'un humain ! Et si le lapin avait fait une bêtise et libéré une criminelle, sous prétexte que son ami en était amoureux ?

Peut-être qu'elle ne ferait rien pour Johnny et qu'elle avait utilisé Arsène ? Peut-être même qu'elle ne le paierait pas ? À cette pensée, le lapin accéléra sa foulée et contourna le bâtiment. Dans la cour, il ralentit le pas et fit mine de grignoter quelque herbe jaunie par le soleil. Le souriceau finit par se présenter à lui.

– Lapin ! Vous avez appris les nouvelles ?

– Oui. Qui a fait ça ?

– Ah, ça, je ne sais pas… Personne n'était encore arrivé en bas, et nous, nous étions occupés à faire nos bagages. Mes parents ont reçu un avis de relogement. Merci, lapin ! Huit pièces ! Pour la peine, on supportera les ragondins. De toute façon, ma mère ne veut plus rester ici après ce qu'il s'est passé cette nuit. Déjà qu'elle a été obligée de contourner le cadavre en allant chercher à manger ce matin…

– Elle n'a rien remarqué ?

– Ça ne sentait pas le renard, si c'est ce que vous voulez dire… Mais elle a eu tellement peur, elle ne s'est pas attardée pour enquêter. La police s'en occupe. Vous attendez pour le rendez-vous ? Hier, quand ils ont vu le cadavre, ils n'ont pas tenu la réunion comme prévu. Mais j'ai enquêté pour vous, lapin, et, vu la taille de notre appartement, je peux vous le dire gratis. Le rendez-vous est sous le pont des Pendus ! Bon courage !

Arsène tressaillit. À ce rythme, la crise cardiaque devenait une possibilité à ne pas exclure. Le pont des Pendus, maintenant. L'endroit le plus glauque et le plus dangereux de

Londinium ! Arsène n'y avait d'ailleurs jamais mis les pieds, se contenant des histoires horribles que Johnny lui rapportait. Tout ce que la ville comptait de criminels en liberté s'y retrouvait le soir pour y faire le plein de produits de contrebande. On pouvait y acheter des alcools frelatés, du faux lucernum au rabais et même, parfois, de la viande. On disait qu'il s'agissait de trafic de cadavres d'animaux de compagnie ou de viande de cheval. Et, pour distraire ce petit monde et assouvir ses plus bas instincts, on y rencontrait des prostituées qui ne pouvaient travailler dans les bordels chantants comme le *Blue Moon*. Trop vieilles, trop moches, trop fragiles surtout. Des filles perdues qui n'avaient pas la force de se jeter à l'eau et attendaient qu'une nuit d'ivresse l'un de ces monstres les y pousse.

Et, ce soir, il y aurait aussi au pont des Pendus un lapin vêtu d'une redingote, qui tentait tant bien que mal de dissimuler les pierres précieuses à ses doigts et les battements retentissants de son cœur dans sa poitrine. Il était sûr que sa peur se percevait, boum, boum, et il savait que c'était le meilleur moyen de se faire agresser. Il essayait de ne pas lever les yeux au ciel, mais, hélas, la lumière des réverbères sur le pont était suffisante pour projeter les ombres lugubres des gibets, de longues lignes droites au sol qu'Arsène était obligé de suivre. On ne laissait plus les corps des malheureux pourrir au soleil comme c'était le cas quelques décennies auparavant. D'ailleurs on n'avait plus exécuté aucun condamné à mort depuis des années, mais enfin, un gibet restait un gibet. Un jour, des cadavres s'étaient balancés juste au-dessus de la rampe qu'empruntait maintenant le lapin pour rejoindre les ténèbres au bord de l'eau. Il distinguait des feux de-ci de-là, autour desquels des hommes en guenilles et des animaux se réchauffaient. Il se demandait toujours pourquoi la reine tolérait le pont des Pendus. Toutes ces activités illégales auraient pu être balayées d'un coup d'intervention policière. Mais peut-être que la tolérance permettait d'éviter d'autres drames. Arsène imaginait que le maintien de l'Intégration coûtait quelques sacrifices aux dirigeants humains. Sinon, d'autres villes l'auraient adoptée depuis belle lurette. La reine laissait faire et, en échange, il n'y avait pas de rébellion contre les animaux. Pas pour l'instant, en tout cas.

Un ragondin moqueur fit une plaisanterie sur la redingote. Arsène tremblait de plus en plus fort et continuait pourtant d'avancer, pensant à ses pièces d'orpur, quand enfin il reconnut le castor de la *Boule Noire*, celui qui l'avait accueilli pendant le meeting de la Résistance. Il faillit lui sauter dans les bras, malgré sa répugnance. Le castor le regarda, goguenard. Il voyait bien que le lapin n'était pas ici à sa place. Sans un mot, il ouvrit la route et Arsène essaya de ne pas voir les attroupements le long des quais. Les hommes riaient, les animaux couraient entre leurs jambes. Il y avait donc des gens qui voulaient vivre comme ça ? Une poule d'eau aborda le lapin : il ne la trouvait pas jolie ? Elle proposait de passer un moment avec lui. Arsène baissa les oreilles devant ses yeux, comme si cela allait le protéger. Un lapin avec une poule d'eau, il ne manquait plus que ça ! Est-ce que les animaux aussi étaient devenus malades, dans ce coin ? Il se demanda combien de pipes de lucernum seraient nécessaires pour chasser la désagréable impression que cette nuit laisserait sur lui, si seulement il en revenait intact. Enfin, le castor s'arrêta devant la berge. Il devait désormais lui bander les yeux. Arsène se laissa faire. Après tout, il préférait ne pas en voir davantage et il se concentra sur des visions de montres à gousset pendant que le castor serrait un foulard sur ses oreilles. Il fut ensuite poussé dans un tunnel dont il sentait la terre humide contre ses pattes. L'odeur de marée lui donnait la nausée, les bruits étaient assourdis comme dans un cauchemar. Ils s'enfonçaient ainsi de plus en plus profondément.

Enfin, le castor défit le bandeau. Face à Arsène, la loutre. Il la reconnut immédiatement, avec son museau droit. Et autour d'elle, un terrier. Arsène eut une pensée pour sa mère : qui eût cru qu'un jour le sage Arsène se retrouverait dans le terrier d'une loutre ? Il en sourit presque, mais ce n'était pas le moment de sourire.

La loutre était allongée sur un lit de feuillages recouvert de satin rouge, tandis que des bougeoirs en laiton finement ciselé projetaient sur les murs les ombres, cette fois rassurantes, des mille babioles dont elle avait décoré sa tanière : coquillages nacrés, branches de saule tortueux, tressages de joncs, mais aussi de vrais objets humains posés là en décoration, de l'argenterie, un coffre en métal précieux, des bijoux. Un véritable capharnaüm, pensa Arsène. Johnny, impressionné par l'étalage de richesses, aurait probablement trouvé l'ensemble raffiné. Et elle trônait là comme une impératrice romaine… Une Messaline dépravée qui lui avait pris son ami, oui ! Mais Arsène se ressaisit en pensant à l'orpur et accepta de s'asseoir sur un tapis persan. La loutre n'avait pas prévu de siège pour un lapin.

– Pardonnez mon accueil sommaire… Je ne peux pas vous recevoir dans mon vrai terrier, pas plus que je ne peux y retourner, vous comprenez.

Ainsi, la petite loutre des campagnes avait réussi en peu de temps à se construire quelque part ailleurs un luxueux logement qui devait être surveillé par la police de Londinium. Elle continua de sa voix rocailleuse qu'Arsène trouva à contrecœur envoûtante, tant elle était surprenante chez une créature si jeune.

– Je vois que Johnny avait raison. Vous êtes un lapin fort perspicace. Et fort élégant, aussi. Et fort loyal, en quelque sorte. Nous pourrions nous entendre.

– Comment ça, en quelque sorte ?

– Je pense que ce qui vous attire ici, c'est l'odeur de l'orpur… Mais je dois admettre que vous avez rempli votre mission.

– Mon ami croupit en prison, ça n'a rien à voir avec l'orpur.

– Je comprends… C'est beau, une amitié entre lapins. Décidément, cette ville ne cesse de me surprendre. Dans les marais où j'ai grandi, c'est chacun pour soi. Alors, l'orpur ne vous intéresse pas ?

– Eh bien, c'est-à-dire que, enfin…

La loutre éclata de rire.

– Allons, allons, lapin, je plaisante. Bien sûr, vous allez être payé. Je fais confiance à Johnny. J'ai donc de la sympathie pour vous, vous comprenez. Et mes, comment dire, mes informateurs ont tous fait des rapports très satisfaisants sur vous.

– Des informateurs ?

– Tous les membres de la Résistance que vous avez croisés, depuis un gamin mendiant du Dôme jusqu'à la fille de notre prince héritier, témoignent en votre faveur. Et même votre nièce, la jolie Isadora, qui semble beaucoup vous respecter, pour un membre de votre famille ! Alors, parlons affaires. Je vais vous payer ma libération, à savoir vingt pièces d'orpur. Qu'en pensez-vous ?

Arsène espéra que les battements de son cœur n'étaient pas en train de transpercer sa redingote. Vingt énormes pièces d'orpur pour être allé boire un verre au *Sad Possum* au bon moment ! Et pour quelques moments d'inquiétude, tout de même. Et son ami en prison. Mais enfin, ça payait mieux que de donner des informations à Firmin. La loutre poursuivit.

– Je vois que vous avez l'air d'accord. En échange, je dois vous prévenir que Johnny va rester encore quelque temps en prison. Il est bien trop précieux à Elsenor. Il y apprend beaucoup. Ne faites pas cette tête…

Arsène sursauta.

– Je vois que vous êtes déçu. Mais je vous assure, il nous est plus utile en prison.

– Nous ?

– Oui, à moi et à la Résistance. Et à vous aussi, donc.

Arsène se gratta une oreille. Résistance ou pas, il fallait maintenant aborder les sujets désagréables.

– Johnny est, comment dire, amoureux de vous, et vous le laissez en prison ?

– Amoureux de moi… peut-être. Pour ma part, j'aime beaucoup Johnny, mais il faut être raisonnable. Dans tous les cas, il y va de la survie des animaux à Londinium. Vous serez d'accord que cela a un peu plus d'importance que l'absurde idylle d'une loutre et d'un lapin, si géant soit-il ?

– Je ne suis pas sûr qu'il l'entende ainsi.

– Moi non plus, c'est d'ailleurs pour ça que je ne lui demande pas son avis. Il reste en prison et vous n'allez rien faire pour l'en sortir. Pas maintenant.

– Mettons que je vous obéisse… Combien de temps devrai-je attendre ?

– Le temps qu'il faudra. Et vous allez m'obéir. Avez-vous remarqué ce qu'il se passe dans Londinium, lapin ?

– La surpopulation ? La chaleur ?

– Oui, bien sûr. Mais ça, ce sont des choses auxquelles on ne peut rien. Mettez des animaux aussi prolifiques que les lapins dans un espace clos… Aucune loi d'eugénisme n'en viendrait à bout ! Quant à la chaleur, personne n'a encore expliqué pourquoi elle allait croissante depuis une décennie. Non, je vous parle des attaques de renards, des musaraignes qui défendent les crustacés, des lois visant à monter les populations les unes contre les autres…

– Merci, oui, j'ai remarqué.

– Savez-vous qui est derrière tout ça, Arsène ? Je peux vous appeler Arsène ? Moi, c'est Lady O.

Au moins, se dit le lapin, Johnny était seul à avoir le privilège de la surnommer Lottie.

Il tenta une réponse.

– Le ministère de l'Hygiène ?

– Oui, bien sûr, bravo. En effet, le ministère rackette tous les établissements des Terriers Rouges pour assurer leur protection. L'un d'eux a voulu cesser de payer, le gérant de la *Boule Noire*, à qui ils prenaient les deux tiers de ses revenus... Il a demandé une pause dans les versements. Alors ils l'ont égorgé, et vous allez voir qu'ils vont essayer de me coller le meurtre sur le dos. Avec cet argent, ils corrompent les uns et les autres, des renards aux musaraignes, ils font fabriquer un sérum redoutable, et ils paient des prédicateurs. Sans que tout ça soit enregistré dans les comptes du Parlement. Mais Woodruff n'agit pas seul. Ce n'est pas lui qui donne les ordres.

– Le Grand Chambellan ?

– Cet abruti ne fait qu'exécuter ce dont il a connaissance, c'est-à-dire pas grand-chose. Il ne sait même pas ce qu'il se passe au ministère.

La loutre ménagea une pause dans son récit. Elle avait le sens du suspense. Arsène était furieux : ses contacts avec Firmin n'avaient servi à rien, il était comme un nouveau-né face à cette jeune femelle si bien renseignée.

– J'ai besoin de votre aide, alors je vais devoir vous en dire beaucoup, Arsène. En échange, soyez prévenu que, si vous racontez tout cela aux mauvaises personnes, je sais où habite votre charmante nièce, et toute votre famille, d'ailleurs. Je ne veux pas vous menacer : j'ai eu un faible pour cette Isadora si touchante, mais je veux juste que vous sachiez où vous mettez les pieds. Il y va du maintien de l'Intégration.

Arsène résista à l'envie de bouger et resta aussi immobile qu'un lapin est capable de le faire, c'est-à-dire parfaitement.

– La reine, Arsène. Nous parlons de l'entourage de la reine. Et pas de ses vieux oncles débiles qui tintinnabulent de médailles et de vanité, pas non plus de son gentil mari abruti. Non, des jeunes…

Arsène pensa au prince Arthur et à la petite Esther. La loutre continua.

– Il y a Grichka, le mari de la princesse Grace. Lui, c'est un vrai ambitieux. Il déteste les animaux et il veut la fin de l'Intégration. Le sérum, c'est son idée.

– L'opossum du *Black Crow* !

– Bravo, Arsène, nous allons nous entendre. Oui, il a financé l'installation d'un opossum qu'il a fait venir de sa Transylvanie natale pour diffuser le sérum aux renards. Mais Grichka n'agit pas seul, ni sa stupide femme.

– La princesse Grace est impliquée ?

– Oui, elle n'aime les animaux qu'en fourrure autour de son cou, ce qui depuis l'Intégration est tout de même devenu difficile à assumer, même si je sais que certains se procurent encore des peaux de taupe…

Arsène ne releva pas.

– Bon, ce n'est pas seulement le goût de la princesse Grace pour les fourrures qui est en cause. Elle aussi, elle aime le pouvoir. La reine ne l'a jamais prise en considération. Trop fière d'être la première femme à régner après l'abolition de la primogéniture masculine, et de récupérer ainsi le pouvoir qui sinon serait allé à ses oncles, Sa Majesté a oublié de faire attention à sa propre fille. Grace, une créature effacée mais pleine de rancœur. Le danger, Arsène, naît toujours dans l'inattention. Le plan le plus parfait échouera pour un détail oublié. L'inattention que les humains portent aux autres, et notamment à leurs propres enfants, est la source de bien des maux. Je suis sûre que vous comprenez ce que je veux dire, vous qui philosophez tous les soirs dans votre lit ?

Arsène eut une pensée un peu agacée pour Johnny. Il ne pouvait pas vraiment en vouloir à un ami en prison, mais tout de même, qu'est-ce qui lui avait pris de raconter des détails pareils de sa vie privée à une inconnue ? La loutre le regardait, narquoise. Elle savait très bien ce qu'il pensait, et cela agaça d'autant plus le lapin.

– Oui, Arsène, tout cela est terrifiant, mais ce n'est rien à côté du véritable monstre derrière toutes ces manipulations.

– Mais qui reste-t-il, sinon…

– Le prince Alexander, oui. Un jeune étudiant occupé par les fêtes dégénérées auxquelles il participe à Oxford et que le *Londinium Times* rapporte un jour sur deux. Couverture irréprochable : qui ferait attention à lui ? Et pourtant, c'est un cerveau machiavélique. Ne me demandez pas comment il manipule le Grand Chambellan, je ne le sais pas encore, ni comment il endort la méfiance de sa mère, quoique les histoires de famille soient toujours les plus compliquées. Mais il vise quelque chose de plus que la fin de l'Intégration ou le pouvoir, Arsène.

La loutre allongée leva les yeux au ciel, probablement pour ménager un effet dramatique. Elle en avait appris, des choses, depuis qu'elle était sortie de son marais stagnant. Elle continua d'une voix basse, de plus en plus rocailleuse.

– Cet être, aussi jeune qu'abominable, vise un renversement complet de notre société. Pour en faire quoi ? J'imagine qu'il ne le sait pas lui-même. C'est un malade. Voilà notre mission, Arsène : nous battre contre un fou furieux doté de tous les pouvoirs. Alors, vous êtes partant ?

– Présenté comme cela, je ne sais ce qui me retient. Vraiment tentante, comme aventure, pour un lapin cardiaque...

La loutre se releva et vint se placer face à lui. Arsène identifiait un parfum par-dessus les effluves musqués de sa race, un parfum parisien qui réveilla une foule de souvenirs enfouis. Des souvenirs heureux, ou plutôt de ces souvenirs d'enfance qui semblent toujours heureux avant qu'on ne les examine plus attentivement. Peut-être que sa mère avait porté ce parfum, un jour, ou l'une de ses sœurs. Comme chaque fois que les souvenirs affluaient, il réussit à arrêter leur déferlante avant que le fantôme de Marie ne vienne clore l'exercice de manière désagréable. Le parfum fit peut-être fléchir sa volonté, en tout cas les mots de la loutre eurent raison de lui.

– Pas tentant, peut-être. Mais avez-vous le choix, Arsène ? D'abord, votre ami, comme vous dites, est en prison. À Elsenor.

Je ne sais pas si vous arrivez à imaginer la vie d'un lapin tout en haut de la plus haute tour d'une geôle haute sécurité. Entre la privation d'exercice, la proximité des dogues du Tibet et le vertige… Sans parler de l'alimentation. Finis les larcins et les bonnes feuilles de pissenlit frais, il mange sa poudre comme tout le monde. Et puis il y a votre sécurité, lapin !

Arsène sursauta. Pourquoi sa sécurité serait-elle en jeu ?

– Oui, que croyez-vous ? Ils ont arrêté Johnny, mais ils ont gardé votre chapeau. Très élégant, au passage, le port du canotier, mais si on ne peut pas le faire tenir sur ses deux oreilles, on s'abstient. À l'heure qu'il est, quelques furets doivent connaître l'odeur exacte de ce canotier et ils finiront par vous trouver, quand ils en auront envie. Et, chapeau ou pas, on vous a vu passer dans tout Londinium, ces derniers temps. Je suis moi-même surprise des distances que vous parcourez quotidiennement.

La loutre baissa la voix et s'approcha des oreilles d'Arsène.

– Croyez-moi, Arsène, des qualités comme les vôtres ne doivent pas être gâchées ou ravalées au rang d'animal domestique, voire de civet, auquel vous seriez destiné en cas de fin de l'Intégration. Ces qualités seraient plus utiles dans notre combat. Seuls des êtres extraordinaires comme vous et moi sont en mesure d'assurer la digne survie des animaux.

Le parfum devenait maintenant enivrant. Et puis, elle avait raison, au fond. Que pouvait-il bien faire d'autre ? Il faudrait veiller à ménager ses intérêts personnels. De toute façon

Firmin semblait peu disposé à lui acheter des informations, en ce moment. Et ça risquait d'empirer. La loutre pensait à tout, puisqu'elle asséna une dernière phrase.

– Et, dans cette aventure, il y aura de l'orpur à foison, lapin. Sentez déjà le poids de ce sac de vingt pièces que vous venez de gagner… J'en profite pour vous féliciter: quelle idée de génie, ces joutes…

Et elle lui mit entre les pattes une bourse de cuir, dans laquelle il reconnut le bruit si familier et rassurant des pièces d'orpur en train de s'entrechoquer. Il ne jugea donc pas utile de préciser que l'idée des joutes venait de la princesse. La loutre retourna s'allonger.

– Je savais que nous nous comprendrions. Sur ce point, Johnny a été clairvoyant.

Arsène décida de ne pas se demander tout de suite ce qu'elle voulait dire par là. Il avait assez d'émotions et de sujets d'inquiétude pour les jours à venir. Jouant des dentelles qui ornaient son jabot, Lady O se tourna vers le castor qui attendait à l'entrée du terrier.

– Jimmy, vous raccompagnerez notre lapin, au moins jusqu'à la route. Je ne veux pas qu'il lui arrive quoi que ce soit sous le pont. C'est un allié précieux.

Légèrement humilié mais rassuré au fond de lui, Arsène salua la jeune loutre d'une révérence qu'il jugea un peu excessive, mais bon, il fallait bien jouer le jeu, ça avait l'air de lui faire plaisir et elle lui paraissait redoutablement puissante. Après tout, elle avait organisé sa propre libération de main de maître et Arsène savait qu'au fond il n'avait pas fait grand-chose. Il se demanda même si la série d'énigmes et de rendez-vous qu'elle avait disposés sur le chemin du lapin n'étaient pas autant de moyens de tester sa perspicacité et si elle avait jusque-là vraiment eu besoin de lui. Pensée fort désagréable pour un lapin aussi confiant dans sa valeur. Il se laissa bander les yeux et retrouva avec soulagement l'air frais de l'extérieur, même pollué par les bandits qui pullulaient sous le pont. Bientôt, ils furent en sécurité dans la rue, abandonnant enfin derrière eux les bas-fonds de Londinium. Le castor s'éloigna sans un mot et le lapin fut laissé à ses méditations, qui l'occupèrent jusqu'à son propre terrier. Il était trop secoué pour se rendre au *Lampion d'or* ou au *Sad Possum*.

Allongé une pipe à la main, il laissa son esprit vagabonder parmi tous les dangers que la loutre avait évoqués. La ville qui l'avait accueilli, la ville refuge pour les animaux, semblait désormais un piège dans lequel ils devaient se débattre, et tout cela sous un soleil de plomb. Qu'est-ce qui avait basculé ? Cela ne servait peut-être à rien de trop y réfléchir. Le résultat comptait : désormais, il fallait lutter ou disparaître. Et si l'ennemi était plus ou moins identifié, ses motivations restaient obscures. Que faire contre le mal absolu ? Le mal n'avait pas de logique. La lecture de Spinoza ou de Wittgenstein permettait de supporter le mal, mais pas de s'opposer à lui. Dans les volutes du lucernum, Arsène voyait le noir opossum Igor, le renard qui avait arraché le bras du loutron pendant les joutes, celui qui avait saigné un rat musqué en pleine rue, ou il imaginait le corps inanimé de son amie d'enfance, June. Pourquoi toute cette violence ? Il n'y avait aucune raison. Mais Arsène n'était pas lapin à laisser les pensées morbides terminer une pipe de lucernum. Sinon, cela n'aurait servi à rien. Il tenta d'inverser la rêverie. Comprendre le mal, il ne le pourrait pas. Mais il pouvait lutter à sa façon, en analysant sinon sa source, au moins ses manifestations. L'opossum, comme beaucoup d'autres, aimait l'argent, comme tant de gens. Les renards ne faisaient que suivre leur instinct, un instinct d'autant plus fort que le sérum réveillait ce que Londinium et la *Carta Maxima* tentaient artificiellement d'endiguer. Chassez le naturel, il revient au galop. Et pourtant, chasser le naturel, c'était la condition d'une vie meilleure, du point de vue du lapin. Alors il fallait continuer. Il fallait comprendre, et il fallait ajuster son action. Sinon, autant faire immédiatement un grand feu de joie avec sa robe de chambre, ses penderies, ses livres précieux et ses bagues, quitter son terrier parfaitement administré et s'allonger nu au bord de la rivière en attendant d'être dévoré par le premier prédateur venu, ou cuisiné par un humain. Il pensa même à sa sœur Marie, cette fois. Voilà ce que c'était, l'état de nature. La loutre avait raison. Animé d'un esprit de lutte, voire de vengeance en pensant à sa sœur disparue, au corps de June saigné par un renard, à sa mère apeurée dans son terrier, à ses nièces insouciantes, à son ami en proie au vertige tout en haut d'Elsenor, le lapin finit par s'endormir dans son fauteuil. La seule voie, c'était la Résistance.

Retrouvez la suite des aventures d'Arsène Lapin dans le prochain tome :
Sous les ailes de l'aigle

Cet ouvrage a été achevé d'imprimer
sur Roto-Page
par l'Imprimerie Floch à Mayenne
en mai 2021

N° d'impression : 98420
Imprimé en France